古典小說縱論

王瓊玲著

臺灣 學生書局 印行

人生自是有情痴

　　中國古典小說，自唐人有意識的創作「傳奇」以後，歷經宋元至明清而大放異采，及至晚近，更受重視，研究者眾，遂成顯學。小說創作者，無論為寄託情志或炫燿才學，其描繪、反映人情世故之結果，亦屬必然，故小說之能沁人心脾者，自有聳動人心、影響世道之虞。世以「老不讀三國，少不讀水滸」為訓，正由此也。

　　小說作者既有寄託或炫才之意，則小說內容涵括之廣，往往在人意中而出人意外，諸如經史、醫藥、星象、曆法、占卜、兵法、算數乃至酒令、燈謎、棋藝、琴技、社會萬象、鄉野風俗等等，無不包羅。故欣賞小說以為消遣者固可囫圇吞棗，甚至等閒視之，而閱讀小說以作學術研究者，如不能分別深探個中究竟，則其研究必淪於空泛虛浮。昔年瓊玲撰寫博士論文《清代四大才學小說》時，遇歧黃問題則廣閱醫書並請教醫者，潛心學習經年，而後下筆；見奇門六壬則窮研數術而旁及五行，全面深入查證，一絲不苟。故能完成煌煌巨著，備受學界矚目。研究古典小說如是艱辛，而瓊玲獨鍾於是，斯亦歐陽修所謂「人生自是有情痴」者也。

　　瓊玲治學態度之認眞求全，實即其天性要求完美之表現。
1997 年夏，世新大學新設中國文學系，瓊玲受成嘉玲校長之託
付，擔任系主任。此固非瓊玲所願，然瓊玲仍以全心力投入。三
年期間，先有失怙之悲，後有喪甥之痛，而爲撫慰寡母與兄姊之
憂勞，每至週末，瓊玲即賣夜由台北南下梅山，周一凌晨再由梅
山趕車返台北學校授課，三年之間，從未間斷，長途奔波，備極
辛勞，師友皆疼惜不忍，而瓊玲則謂但求心安，未以爲苦。主持
系務，求好心切，雖難免扞格，亦堅持原則；督責學生，嚴如子
弟，而濟助清寒，不遺餘力。又先後撰擬「世界華文文學典藏中
心之建立及網路設置」與「提升國語文基礎教育—古典與現代、
傳統與本土的融合」兩大跨領域大型研究計畫，分別獲得國家科
學發展委員會二年與教育部四年之支持，於促進校際與院際整合
研究及提升研究能量之功，固有足多者，而其不眠不休、全力以
赴之精神與毅力，尤爲難能可貴！

　　世新大學中文系經瓊玲三年之奮力經營，基礎已立，而行
政職務既不符瓊玲擇善固執之性格，原亦非其所願，遂毅然堅辭
系主任職，成校長勉予同意。瓊玲既得卸重任，重新優游於教學
樂土中，並積極擬訂計畫，期能繼續學術研究工作。因先將近年
所已發表之論文彙輯成書，作爲規摩線索。書中所收各篇論文，
或曾蒙老師宿儒之稱賞，許爲佳作；或因研究成果獲得肯定，應
邀撰寫，其學術成就之足以信賴，亦可知矣！書稿編成，索序於
予。予既忝爲人師，有不得推辭者，因略述瓊玲之性情懷抱與治
學任事之表現，以鼓舞之。孔子嘗曰：「三人行，必有我師焉！」

瓊玲研究小說時所涉人物，何只萬千？彼其立身行事足以爲我借鑑者又何只一二？瓊玲既能通貫而略無窒礙，則自應諳習人情而熟稔世故，從容練達以俛仰於世。此予之所深望於瓊玲者也！

梅雨將霽，青天自好！

瓊玲其念之！

黃啟方

2002 年 3 月 15 日子夜於新店心隱居

率眞其性，溫潤其心

　　瓊玲是我的學妹，也是我的博士班同窗，我雖痴長她十歲左右，但她行事俐落、果決，思慮周密，在在是我所不及。念研究所時，我們選修的課程大略相似，因此，經常一起上課。她勤學不輟、勇於提問，並有鍥而不捨、追根究柢的精神，在做學問上，她有一股不服輸的毅力。我們常聚在一起，談課業、論人生，感覺十分契合。她專攻小說，我研究戲劇，在寫博士論文期間，我們常相互切磋惕勵，絕不混水摸魚，以讓人汗顏的論文充數，而瓊玲眞的做到了。

　　畢業後不多久，就聽說她爲任職的世新大學成嘉玲校長所賞識，受命成立中文系。我當然爲她高興，覺得成校長果然有識人之明，瓊玲的拼命三郎性格，一定會爲新成立的中文系帶來無限的活力。其後，蒙她不棄，引進世新，和她開始共事，更充分見識到她做爲老師的熱誠及多方爲學生設想的苦心。我一向疏懶，大而化之，看到她爲了學生的傷痛而流淚、爲學生的榮譽而歡呼，愛憎分明的性格、恨鐵不成鋼的使命感，也不免爲自己的混沌不明而感到愧赧，甚至被她的熱力四散所感染，也想拔劍奮起、好好成就一番事業，只是江山易改、本性難移，不一會兒功夫，又委頓下來。但是，我不得不承認，瓊玲一直是一位認眞的

益友，友直友諒，瓊玲誠當之無愧！

　　如今，瓊玲的論文集即將出版，她囑我在文前說幾句話。我對她的研究成果雖然深具信心，卻因研究學門的差異而不敢置一詞，僅歷數二人交往歷程，也聊表對她的誠摯感謝——多年來她一直以深情對待我這位老朋友，我也一直記在心上。

廖玉蕙

古典小説縱論

目 錄

我國文獻所載女子國、女王國和古典小說中的女兒國

前　言

　　明清章回小說中，記述女兒國情節的爲數不少。如《西遊記》、《三寶太監西洋記演義》、《宜春香質》、《鏡花緣》等。其內容故事各不相同，創作本旨亦大異其趣。然而細勘其源流演化，卻都是其來有自。因在我國文獻中，已有不少女子國傳說及女王國的記錄。大抵上女子國是指全國無男、純粹女子或「略無男子」的族群；女王國則是以女爲君、女尊男卑的國家。而在小說中則呈現二者混合，多采多姿又光怪陸離的女兒國風貌。本文即分析文獻中女子國、女王國的記載，以探討古典小說中女兒國的淵源脈絡及其創作本旨的異同。

一、女子國的傳說

　　女子國的傳說是世界性的，例如：古希臘神話中有亞馬遜

族女戰士的傳說❶；東亞海中有亞馬遜女人島的傳說❷；日本有
八丈島女人國及蝦夷族女人島的傳說❸；《馬可波羅行紀》記載
印度洋上有「獨居女子之女島」❹；中美洲有馬丁尼可島

---

❶ 古希臘神話中，戰神雅爾斯（Ares）與森林女神夏姆妮（Harmony）結合，
  繁衍了亞馬遜族的女戰士（The Amazones）。女戰士們驍勇善戰，爲了
  避免射箭的不方便，故從小就切除右乳房。每年春至，女戰士們由國
  王率至河邊，與雅典士兵交易，以金錢換取男性精子。懷孕分娩後，
  若是女孩，則從小施以嚴格的軍事教育；若是男孩，則攜至山谷拋棄。
  （詳見《大不列顛百科全書》中文版 Amazones 條。環華出版社。1987
  年版）

❷ 西元1585年學者多薩（Juan Conzalez de Mendoza）所著的《中華大帝國
  史（The History of the Great and Mighty Kingdom of China and the
  Situation thereof）書中傳述日本近海有一名爲 Amazon 的女人島。而傳
  說中的內容與希臘神話的亞馬遜女戰士極爲類似。故王孝廉先生在《關
  於女兒國的傳說》（幼獅月刊29卷3期）文中論斷，此日本女人島的傳
  說是根據希臘亞馬遜族女戰士的神話創造的。

❸ 日本大間知篤三所著的《八丈島—民俗與社會》記載：在東京灣南方
  海上的八丈島，有一個女人國，此國的女子於每年南風盛吹時，在太
  陽下裸體迎風便可懷胎受孕。另石田英一郎《桃太郎之母》一書，引
  述日本蝦夷族的傳說，云海外有一女人島，島上女人傳宗接代的方式
  是由於東風吹打身體的局部而受孕的；又傳云此島女子注水於身體的
  局部，然後在風中搖動便可懷孕。

❹ 《馬可波羅行紀》第一八三章〈獨居男子之島及獨居女子之島〉記載：
  「若從此陸地之克思馬克蘭國首途，向南航行約五百哩，則抵二島，
  一名男島，一名女島。兩島相距約三十哩。居民皆是曾經受洗之基督
  教徒，然保存舊約書之風習；妻受孕時，夫不與接觸；妻若生女，產
  後四十日亦不與接觸。
  名稱男島之島，一切男子居處其中。每年第三月，諸男子盡赴女島，
  居三月，是爲每年之三、四、五月，在此三個月中與諸女歡處。逾三

（Mantigue）的女人國傳說❺；非洲 Dahomey 境內的女人國傳說❻。而我國女子國的傳說亦爲數不少，茲述論於下：

（一）《山海經》系列所載的女子國❼

中國文獻中首次出現女子國的記載是《山海經》，其卷七〈海外西經〉載：

> 女子國，在巫咸北。兩女子居，水周之。一曰居一門中。❽

月，諸男重回本島；其餘九個月中，則爲種植工作貿易等事。彼等與諸婦所產之子女，女則屬母，男則由母撫養至十四歲然後遺歸父所。北二島之風習如此。諸婦除撫養子女，摘取本島之果實外，不作他事；必須之物則由男子供給之。」

❺ 《馬可波羅行紀》第一八三章 Yuear 註「獨居女子之島」云：「哥倫布（Christophe Colomb）第二次航海時，曾聞船中美洲土人言，有一島名 Matityna 或Mninino 島者（應指馬丁尼可 Martinique），僅有女人，每年一定時期接待Cnraibes 部男子；產子後男屬父，女屬母。島中有地窖，若有男子非時而至，女子則隱蔽窖中。」

❻ 《馬可波羅行紀》第一八三章 Yuear 註「獨居女子之女島」云：「其唯一實在的女人國，蓋在非洲 Dahomey 境內，然至法國侵略之後遂決。」

❼ 《山海經》女子國系列，指《山海經》經文、《淮南子·地形篇》高誘的注解、郭璞《山海經傳》、郝懿行《山海經箋疏》等。另下文中有引述清·吳任臣所著的《山海經廣注》，因吳任臣乃是擴大雜述各文獻所載的女子國，非是專一注解《山海經》中的女子國。故不列入《山海經》女子國系列。

❽ 與「女子國」相對的是「丈夫國」，《山海經·海外西經》：「丈夫國，在維鳥北，其爲人衣冠帶劍。」

另卷十六〈大荒西經〉也有女子國的記載，但比起〈海外西經〉卻更形簡略：

> 大荒之中……有女子之國。❾

針對〈海外西經〉女子國記載，晉代的郭璞解釋其繁衍後代的方法爲：

> 有黃池，婦人入浴，出即懷妊矣！若生男子，三歲輒死。（《山海經傳》）

及至清代郝懿行箋疏《山海經》時，又有進一步的說明：

> 《太平御覽》三六○卷引《外國圖》曰：「方止之上，暑溼，生男子三歲而死。有潢水，婦人入浴，出則乳矣。是去九嶷二萬四千里。」今案潢水即此注所謂黃池矣……懿行案：「居一門中」，蓋謂女國所居，同一聚落也。（《山海經箋疏》卷七）

郝氏補充說明，經文「居一門中」，即指女子群居在一聚落，而郭璞所云的「黃池」，即《外國圖》中的「潢水」。潢水

---

❾ 《山海經·大荒西經》載：「有丈夫之國」。比起〈海外西經〉的丈夫國記載亦簡略甚多。

位在距離九嶷山（按：在今湖南省寧遠縣一帶）二萬四千里的地方。因為地理環境「暑溼」的關係，故產下男嬰，三歲便夭折死亡。而女子只要入潢水洗浴，藉助於水中的神奇力量，便可受胎懷孕。至於潢水的確切位置是在湖南九嶷山二萬四千里外東、西、南、北的那一方？則郝氏並未說明。

再者，《淮南子·地形篇》❿也有女子國的記載：

> 凡海外三十六國，自西北至西南方，有修股民、天民、肅慎民、白民、沃民、女子民、丈夫民、奇股民、一臂民、三身民。

按：西漢·淮南王劉安所著的《淮南子》，成書時間晚於《山海經》；且東漢高誘為《淮南子》作注時，即時時引述《山海經》之經文予以解說。故知《淮南子》所述的修股民、肅慎民、天民……等海外三十六國，乃依據《山海經》而來⓫，故高誘可視為最早間接對《山海經》女子國加以注解之人。其說頗值得注意：

> 女子民，其貌無有鬚，皆如女子也。丈夫民，其狀皆如丈夫，衣黃服冠、帶劍，皆西方之國也。

---

❿ 《淮南子·地形篇》或做〈墜形篇〉，按：高誘注云：「記東、西、南、北山川樹澤，地之所載，萬物形兆所化育也，故曰地形，因以題篇。」故應以〈地形篇〉為是。

⓫ 唯有「天國」及「奇股國」，《山海經》中無記載。有可能是〈海外西經〉的逸文，存疑待考。

高誘對女子國、男子國的看法與郭璞、郝懿行大相逕庭，其認爲女子國的男人，因面貌無鬍鬚，狀如女子；而丈夫國的女子，亦衣黃服冠、帶劍，狀如男子。故國名爲女子國、丈夫國，非是此二國全國皆女、皆男。

此說法引起郝懿行的不滿，其在《山海經箋疏》中強烈抨擊：「此說非矣，《經》言丈夫、女子國，並眞有其人，非但貌似之也。高氏不達，創爲異說，過矣！」

事實上，根據〈海外西經〉及〈大荒西經〉的女子國原文來看，由於所記錄的內容簡短、敍述不詳；又缺乏同時其的文獻資料可供參較，故不能證明高誘在《淮南子》注中對女子國的解釋是絕對錯誤的。因此郝懿行批評高誘「不達」及「創爲異說」，才是眞正「過矣」！

綜合上說，大致可得一些結論：

1.中國文獻中，最早有女子國的傳說記載，是《山海經》的〈海外西經〉及〈大荒西經〉。其內容頗爲簡略。但大致可看出漢以前女子國傳說的雛形。然而除了提出其居處環境有水圍繞之外，其生育方式，及何以「兩女子居」及有無男子等疑問都不可解。

2.漢·高誘最早對女子國傳說提出解釋，認爲其非全國皆女，只是男人無鬚，狀若女子而已。

3.到了瀰漫玄怪志異風潮的晉代，郭璞指出女子國的女子入浴黃池，便可受孕，水在女子國傳說中從此成爲關鍵因素。而所生嬰兒雖男女皆有，但男嬰三歲便夭折，其因未載，似乎是此處環境不適合男子生存。故郭璞雖未明言此處「無男」，但全國皆

女的女子國傳說雛形已逐漸明顯具體了。

4.郝懿行引述《太平御覽》中《外國圖》的記載,因《太平御覽》成書於北宋初,故《外國圖》所云,仍反映唐代前後,女子國的傳說。其載女子入潢水受孕,生男嬰亦三歲夭折,且明確指出夭折之因是環境「暑溼」之故;並言及潢水之位置是在九嶷山外二萬四千里處。但郝懿行云「潢水」即是郭璞注中的「黃池」,卻是無所佐證。

（二）正史所載的女子國

二十五史中,有關「女國」的記載不少。而女國又可細分為二類:一是純女無男的女子國;一是以女爲王、女性掌政的女王國。茲先論述女子國:

最早記載女子國的正史是晉·陳壽的《三國志》,其〈魏書·東夷列傳·北沃沮〉載:

> 母丘檢討句麗,句麗王宮奔沃沮,遂進師擊之。……宮奔北沃沮。……王頎別遣追討宮,盡其東界。問其耆老:『海東復有人否?』耆老言……又言有一國亦在海中,純女無男。

按陳壽與郭璞同時,故二人所載的女子國傳說可互爲參考比較。陳壽所載不同於《山海經》者,是明確的指出女子國「純女無男」的特質。另地理位置亦從荒遠的西方、南方,移至東北海中,此乃魏晉極力拓展海外,與東北各國漸有接觸,故以遠海爲主的傳

說逐納入正史之中了。

南朝宋、范曄《後漢書·東夷列傳·北沃沮》亦有類似的記載：

> 又有北沃沮……其耆老言……海中有國，無男人。或傳其國有神井，闚之輒生子云。

按：《三國志》的成書，比起《後漢書》約早一百餘年**⑫**，〈東夷列傳〉中女子國的記載，顯然是《後漢書》因襲《三國志》而來。但是二者之間仍然有不同。

陳壽《三國志》所載的女子國，是毌丘檢派王頎追討句麗王至北沃沮的東界時，耆老所告知的傳聞。范曄《後漢書》所載的女國，雖也云得自耆老的轉述，但是因不可預報未來史事，故將三國時毌兵儉討伐句麗的「前因」刪除；但卻多載了女國女子「闚神井」便可懷孕的傳說，解決了令人迷惑的傳宗接代問題。

其次，女子國的傳說又見載於唐·姚思廉的《梁書》及唐·李延壽的《南史》。姚、李二人皆在唐太宗貞觀年間奉詔撰史，成書的時間亦相距不遠。對於女國的記載，可能是資料來源相同，或彼此因襲，竟然一字不差。

《梁書·諸夷列傳·扶桑國》及《南史·夷貊列傳下·扶

---

⑫ 陳壽《三國志》的成書年代不可考。但其卒年是晉惠帝元康元年（西元297年）。《後漢書》是宋文帝元嘉元年（西元424年），范曄因是觸怒劉義康，左遷於宣城太守時，開始執筆寫的。而元嘉二十二年范曄被處死（西元445年）。故二書最少相差一百餘年。

桑國》記載：

> 扶桑國者，齊永元元年，其國有沙門慧遠來至荊州，說
> 云：「扶桑在大漢國東二萬餘里，地在中國之東。……」
> 慧遠又云：「扶桑東千餘里有國，容貌端正，色甚潔白，
> 身體有毛，髮長委地。至二、三月，競入水則妊娠，六、
> 七月產子。女子胸前無乳，項後生毛，根白，毛中有汁，
> 以乳子。一百日能行，三、四年則成人矣！見人驚避，
> 偏畏丈夫。食鹹草如禽獸。鹹草葉似邪蒿，而氣香味鹹。

史書中對女子國的記載❸，以此為最詳盡。不只詳細描述女子膚
白、髮長、多毛的外在形貌；見人驚避，懼怕男子的羞怯個性；
及葉似邪蒿、氣香味鹹的主食——鹹草。最重要的是記載了此國
女子入水受孕的繁衍後代方式，及嬰兒哺養發育的情況。然而啟
人疑竇的是，何以女子們在二、三月時，「競」入水而妊娠？此
「競」字頗耐人尋味，若解為「競相」入水，則只是呈現女子對
懷孕為母的熱切心態而已；但若釋為「競爭」，則是否晚入水者，
便失去懷孕的機會？此因文獻不足，真相已難考究。

另《梁書》、《南史》所載的女兒國，位在「扶桑國東千
餘里」之處。「扶桑」乃我國稱日本的別名❹。而日本東京灣南

---

❸　《文獻通考·四夷考》中，記載女子國女子浴水而孕之事，及東女國
諸事，皆襲正史之記載而來，故不再贅述討論。
❹　《山海經·海外東經》：「（黑齒國）下有湯谷，湯谷上有扶桑。」
郭璞注「黑齒國」時引《三國志·魏書·東夷傳》：「〈東夷傳〉曰：
倭國東四十餘里有裸國，裸國東南有黑齒國。」故稱日本為扶桑當本
此。

方海上的八丈島，及蝦夷族的傳說，都有女人國的故事（詳見註
❸），其生育方式也是因水（或感風）而懷孕。筆者懷疑二國文獻
所載的是同一個民間傳聞，但目前因資料不足，尚不敢論斷。

綜觀《三國志》與《後漢書》、《梁書》與《南史》二組
正史中，對女子國的記載，雖然內容及敘述方式各有不同，但卻
可歸納出幾個共通點：

1.全是傳言的輾轉記錄，非是撰史者耳目之所親及：《三國
志》、《後漢書》的女子國，是北沃沮的耆老傳述其聽聞；《梁
書》、《南史》的女子國，則是扶桑國僧人慧遠的傳述。因此，
基本上陳、范、姚、李四位史家，都秉持了「疑者存疑」的態度
來記錄女子國的傳聞；並詳細標明傳述此事的人物，不失史家徵
信、負責的原則。

2.正史所載女子國的地理方位皆在距離中國極遙遠的東方：
《三國志》、《後漢書》的女子國事在東夷北沃沮國東界的外海
島中；《梁書》、《南史》的女子國，則是在扶桑國以東千餘里
處。

3.傳宗接代的方式，除《三國志》無載之外，其餘三史皆與
「水」有密切關係。《後漢書》的女子國女子是闚照神井得孕；
《梁書》、《南史》的女子國女子則是競入水而得孕。

4.二組正史皆無女子國政治、經濟方面的記載。

除以上四點共通點之外，有一現象宜注意，即《南史》之
後的所有正史，都不在記述女子國的傳聞了。

（三）其他文獻所載的女子國

除《山海經》系列、正史之外；其他文獻中也有零星的女子國記載。據唐代玄奘法師口述，弟子辨機編撰的《大唐西域記》卷十一載：

> 拂懍國西南海島，有西女國，皆是女人，略無男子。多諸珍寶貨。附拂懍國，故拂懍王歲遣丈夫配焉。其俗產男皆不舉也。

《大唐西域記》西女國的記載極其平實。除「生男不舉」的特殊風俗之外，其餘受孕的方式及物產、地域，都無玄怪之處。

而同在唐代，釋慧立所撰、釋彥悰箋注的《大唐大慈恩寺三藏法師傳》（下文簡稱爲《三藏法師傳》）卷四，亦有西女國的記載。其內容與前文所引的《大唐西域記》西女國相比較，僅有幾個字不同而已。蓋二書同爲玄奘門人所撰；所載內容又都以取經途中的見聞爲主，故此處內容的雷同，其理是顯而易見的。唯《三藏法師傳》卷四中卻額外記載了西女國的由來。

其載某位南印度女子，在出嫁鄰國途中，被師子王（按：即獅子王）所擄，師子王「負女而去，遠入深山，採果逐禽、以用資給」。久之，生一兒一女。後來兒攜母及妹逃下山，師子王失去妻、子後，遂殘害過往旅客。國王懸賞除害。兒竟利用師子王愛子的天性，趁機殺之。國王不齒，遂將一兒一女分置二舢中放逐。此兒後來成爲僧伽羅國（即「執師子國」）之始祖，而「女舢

泛海，至波斯國西，爲鬼魅所得，生育群女，今西大女國是也」。

綜合以上記載，得知西女國的始祖是人、獸相配所生的女兒。而此女再與鬼魅相配後，生女不生男。群女成長後，則由宗主國——拂懍國每年定期派男子至此島相配而孕。然而眾女子所生之嬰兒有男有女，唯男嬰都不被養育，令其夭折，致使全島依舊純女無男，此是西女國之大概情況。然而《三藏法師傳》中，西女國始祖的傳說，與清·吳任臣《山海經廣注》及陸展《小知錄》的女子國傳說，略有相似處，值得注意。

吳任臣《山海經廣注》引《梁四公記》中杰公之語曰：

> 今女國有六，北海之東，方闕之國有女國、天女下降爲其君。西南城板楯之西有國，女爲人君，以貴男爲夫，置男爲妾媵。昆明東南絕徼之外有國，以猿爲夫，生男類父而入山谷，晝伏夜遊；生女則巢居穴處。南海東南有國，舉國惟以鬼爲夫，夫致飲食禽獸以養之。勃律山之西有國，山出台虺之水，女子浴之而有孕，其女舉國無夫。西海西北有國，以蛇爲夫，男則爲蛇，不噬人而穴處，女則臣妾官長而居宮室。

分析此六「女國」，其中天女下降爲君的傳說，與《三藏法師傳》卷四所載：「膳波國……有大下降人中，遊殑伽河。浴，水靈觸身，生四子……」的傳說頗類似。而「以鬼爲夫」的女子國傳說，與前文所引西女國始祖的記載又有雷同處。因《梁四公記》與《三

藏法師傳》同是唐代的著作❶，故知此類女子國傳說，在唐代可能是盛行不輟的。

另女子「浴台胞之水而有孕」的傳說，可能受前文所引各文獻所載女子入水受孕的傳說影響而來。至於「以猿爲夫」、「以蛇爲夫」包含前文的「以鬼爲夫」的女國傳說，可能受六朝以來屢見不鮮的人與異類婚媾生子的志怪故事所影響。

而「以女爲人君，以貴男爲夫，置男爲妾媵」的女國傳說，可能與《北史》、《隋史》中女國所根據的原始資料雷同，故二者所載極爲類似（參見下文）。且此女國若嚴格區別，應屬女尊男卑的「女王國」，非是全國皆女或「略無男子」的女子國才是。

此外，趙汝適的《諸蕃志》及周去非的《嶺外代答》，都成書於宋室南渡初期。可能是傳聞的來源一致，或輾轉抄襲的緣故，故所記錄的女子國傳說也是一字不差。《諸蕃志》卷上及《嶺外代答》卷三載：

> 東南有女人國，水常東流，數年水一泛漲，或流出蓮肉長尺餘、桃核長二尺，人得之，則以獻於女王。昔常有舶舟飄落其國，群女攜以歸。數日，無不死。有一智者，

---

❶ 《梁四公記》記梁天監中，𤛓闐、霥杰、𩚫𩚫、仉𨐅四公謁梁武帝事。杰公多聞強識、博物辨惑，今遺文以記杰公之事蹟爲多。其書或曰盧詵、或曰梁載言、或曰張說所撰，然作者爲誰，已不可詳考。唯《新唐志》、《崇文總目》、《中興書目》、《書錄解題》、《通考》等俱有著錄，爲唐時作品無疑。（詳見王國良《唐代小說敘錄·梁四公記條》）

夜盜船，亡命得去，遂傳其事。其國女人遇南風盛發，
裸而感風即生女也。

二書所載的女人國，位在海外的極東南處，國內有數年一
泛漲，流出奇花異果的神奇河水。但此河水與種族的繁衍無關，
此地的女子是裸體感南風而生女的。泊海的男子一誤入此國，群
女攜歸，數日之後必死無疑。至於因何而死？作者雖無明指，但
由字裡行間的口氣看來，似乎暗示因此國無男，物以稀為貴，被
眾女攜歸的男子，「可能」是被「強暴欺凌」至死。女人國的真
相，是智者逃亡成功後，方才被世人所知。故基本上此女人國的
事蹟，仍是傳聞的記錄而已。

明代周致中的《異域志》⓰，也有女人國的記載，其內容與
《諸蕃志》、《嶺外代答》相差無幾，但所載女子生育的方式，
除了「裸形感南風而生」之外；尚有「照井而生」的傳說。此情
況可能是周致中承襲了《諸蕃志》、《嶺外代答》，或二書所依
據的原始資料，再增入《後漢書》女子國女子窺神井而受孕的傳
說綜合而成。

總結《山海經》系列、正史及其他文獻所載的女子國傳說，
為免於複雜，故列表於下：

⓰　《異域志》本不知撰者。《四庫提要》考證乃周致中所作。

書名	時代	作者	國名	位置	有無男子	妊育方式	形貌	備註
海外西經	戰國—漢	不詳	女子國	巫咸北水中	未言	未言	未言	
淮南子注	東漢	高誘	女子民	西南西北之間至海外	有	（正常）	男子狀若女子無鬚	
山海經傳	晉	郭璞	（女子國）	海外	可能因歲輒生男死（三）	入浴黃池受孕	未言	
外國圖	北宋以前	不詳	未言	去九嶷山二萬四千里	同上（因暑濕）	入潢水浴受孕	未言	「潢池」即「潢水」，郝懿行云
三國志	晉	陳壽	未言	海東句麗	無	未言	未言	耆老口傳
後漢書	劉宋	范曄	女國	海東句麗	無	闞井生神而子	未言	同上
梁書・南史	唐	姚思廉、李延壽	女國	扶桑東	無男子定居，只生女	二、三月競入水受孕，六、七月產子，三、四年成人，百日能行	容貌端正，色甚潔白，身體有毛，髮長委地，胸前無乳，項後生毛，根白，毛中有汁以乳子	沙門慧遠所述

書名	時代	作者	國名	地理位置	男子	婚育		其他
大唐三藏西域法師記傳	唐	辨機、慧立	西女國	西域西南海島	略無男子（因產男不舉）	由女主國遣丈夫與宗子主婚配夫	未言	法國由師傳來諸珍寶貨。詳載〈西女〉三
梁四公記	唐	不詳	女國	東海之東、西海之西、昆明之東、勃律山西、南海南、西域南、板楯西、五、三、二、六、北	有些女國有男子，有些則無	有浴者以水鬼而孕、有以猿為夫者、虺為貴男者，有夫	未言	
嶺外代答諸蕃志	南宋	趙汝適、周去非	女人國	東南	生女有偶至，生男不旋死，男被虜	遇南風裸身而盛受發孕	未言	有女，與男子交而攜子外歸，男子無不死
異域志	明	周致中	女人國	東南	同上	一二人同窺井而生	未言	同上
小知錄	清	陸展	女國、西女國	(一)(二)不明波斯，西	不明	不明	不明	

另女子國傳宗接代的方式，以「浴水」或「感風」得孕爲多，此影響古典小說女兒國情節甚大，故值得特別提出探討。

按：女子國女子浴潢水、窺神井、競入水而妊娠；或是裸體迎南風而得孕的傳說，都是屬於「感通生子」的生殖觀念。**⑰**

「感通生子」的神話中外皆有，且盛行不輟。如聖母瑪莉亞感聖靈而生耶穌。日本八丈島及蝦夷族女子國的感風、感水而受孕等。在中國有簡狄吞玄鳥蛋而生契（《史記·殷本紀》）；姜嫄履帝武敏（按：上帝腳印的大拇指）而生后稷（《詩經·大雅·生民》），劉媼感神龍而生劉邦（《史記·漢高祖本紀》），另緯書及稗官野史中，更不乏此類「感通生子」的傳說。

而「風」與「水」乃是孕生化育萬物之母，人們基於對風與水的依賴及感恩，遂產生崇拜之情，再加上「感通生子」的生殖觀念，因此文獻上女子國傳宗接代的方式，便以感水、感風爲多了。

此外，漢代以降，朝廷開疆拓土，往海外擴張勢力；或因佛教興盛，僧侶西行求經，故遠國的傳說亦逐漸盛行，而此遠國多是「海島」或「面水」之國，故女子國女子受孕方式與水便容易引起聯想。再者，古代醫學常識未普及，人們不明何以男子精液進入女子體內便會懷孕生子，故想像無男的女子國，只要有特殊的水，（如黃池、潢水、河水、神井之水、台虒之水……等）直接或間接接觸女子，亦可懷孕生子。此皆可能是女子國感水生子傳說的部份成因。

---

⑰ 參考王孝廉《關於女兒國的傳說》，《幼獅月刊》二十九卷三期。

二、女王國的記載

（一）正史所載的女王國

　　正史中除了全國無男的女子國外，尚有長期由女人執政的女王國。最早記載女王國事蹟的是《三國志・魏書・東夷傳》。其國名曰「女王國」，倭人居之，幅員廣大、統領眾多鄰國。「男子無大小皆黥面、文身。自古以來，其使詣中國，皆自稱大夫」。此國人居喪謹嚴、性嗜酒、重占卜、人長壽，且物產豐饒。「其國本亦以男子爲王，住七、八十年。倭國亂，相攻伐歷年，乃共立一女子爲王，名曰卑彌呼，事鬼道，能惑眾，年已長大，無夫婿，有男弟佐治國。自爲王以來，少有見者。以婢千人自侍。唯有男子一人給飲食，傳辭出入。居處宮室樓觀，城柵嚴設，常有人持兵守衛。」且魏明帝景初二年六月（西元 238 年），倭女王遣大夫求詣天子朝獻，被封爲「親魏倭王」。（按即今日之日本國）。爲此國當時雖以女爲王，但與下文所述的女王國稍有差異。此國「其俗，國大人皆四五婦；下戶或二三婦。婦人不淫、不妒忌。」顯然雖以女爲王，但未必女尊男卑，故堪稱是女王國中的例外。

　　另北齊・魏收所撰的《魏書・吐谷渾傳》則另載有一女王國的傳說：

　　　　吐谷渾北有乙弗勿敵國，……北又有阿蘭國，……北又有女王國。以女爲王，人所不至，其傳云然。

此記載十分簡略，云女王國位在吐谷渾之北的地方，按：吐谷渾的活動範圍，《魏書》載是：「在洮水西南極白蘭數千里中」，即今甘肅省及四川、青海北部、新疆東部一帶，故知此女王國應在大陸極西北之處，故是「人所不至」，也因此魏收強調女王國的記載，只是「傳聞」而已。

其次，唐·姚思廉所撰的《梁書·諸夷列傳·扶南國》亦有女王國的記載：

> 海南諸國……扶南國，在日南郡之南，海西大灣中，去日南可七千里……扶南國俗本裸體，文身披髮，不制衣裳，以女人爲王，號曰柳葉。年少壯健，有似男子。

按：日南郡乃漢武帝平南越時所設置，在今越南的順化一帶，扶南國位在其南方七千里的海西大灣中。其風俗以女人爲王。雖然，《梁書》載此國政權後來轉入男人手中⓲，但並不影響其長期由女王執政的史實。

此外，唐·李延壽《北史·西域列傳·女國》亦記載了女王國的史實：

> 女國，在蔥嶺南。其國是以女爲王，姓蘇毗、字末羯。在位二十年。女王夫號曰金聚，不知政事。國內丈夫，

⓲ 扶南國政權後因戰事失利，而落入徼國男子混塡之手。詳參閱《梁書》卷五十四〈諸夷列傳·扶南國〉

唯以征伐爲務。山上爲城，方五六里，人有萬家。王居
九層之樓，侍女數百人，五日一聽朝，復有小女王共知
國政。其俗婦人輕丈夫而性不妒忌。男女皆以彩色塗面，
而一日中或數度變改之。人皆被髮。以皮爲鞋。課稅無
常，氣候多寒，以射獵爲業。出鍮石、硃砂、麝香、犛
牛、駿馬、蜀馬。尤多鹽，恆將鹽向天竺興販，其利數
倍。亦數與天竺、黨項戰爭。其女王死，國中厚斂金錢，
求死者族中之賢女二人，一爲女王，次爲小王。貴人死，
剝皮，以筋屑和骨肉置瓶中，埋之。經一年，又以其皮
納鐵器埋之。俗事阿脩羅神，又有樹神。歲初以人祭，
或用獼猴，入山祝之，有一鳥如雌雉，來集掌上，破其
腹視之，有眾粟則年豐，沙石則有災，謂之「鳥卜」。
隋開皇六年，遣使朝貢，後遂絕。

　　按：蔥嶺在今新疆西南境內，女國又在其南境。因隋朝時
曾遣使來中原朝貢，故李延壽針對女國的政治體系、社會制度、
經濟貿易、宗教祭祀及人物形貌等都有詳細的記載。同時期魏徵
所著的《隨書》在〈西域列傳·女國〉的記載，與李延壽《北史·
西域列傳·女國》的記載完全相同，僅文字上有一、二字的出入
而已❾。
　　另《舊唐書》、《新唐書》中亦有類似的記載，其國名曰

「東女國」❷，是羌族的別種，位處西域，唐時屢來朝貢。有八十城、四萬戶，兵萬人。俗以女為君。王號「賓就」；女官曰「高霸」（《新唐書》曰「高黎霸」，猶言宰相）平議國事，在外官僚由男子為之。凡號令，女官自內傳，男官受而行❷。俗輕男子。男子被髮，以青塗面，惟務耕戰而已。女貴者咸有侍男。生子從母姓。至於「鳥卜」、大小女王執政、王位繼承方式、女王居九層重屋、及貴人的葬殉方式與《北史》、《隋史》所載的女國大同小異。

比較《北史》、《隋史》及《舊唐書》、《新唐書》所載的女國史實並無差異，只是內容詳略有小別而已。且地域、政經、風俗各方面皆一致，故可斷定四本正史所載的女國是同一國家。

以上所述是正史所載的女王國史事，至於《新唐書》以後的正史，筆者尚未尋獲有關女王國的記錄❷。

（二）其他文獻所載的女王國

《大唐西域記》有「產男皆不舉」的女子國——西女國；

---

❷ 新、舊《唐書》記載命名為「東女國」之因，是西海別有女國，避免相混之故。但《新、舊唐書》卻無記載「西女國」之事蹟。詳下文《諸蕃志·西海女國》部份。

❷ 「凡號令，女官自內傳，男官受而行」此為《新唐書》之記載，《舊唐書》無。下文「男子被髮，以青塗面，惟務耕戰而以」及「生子從母姓」的記載，《舊唐書》亦無。其餘內容大同小異。

❷ 唯張廷玉《明史·外國列傳·暹羅國》：「自王至庶民，有事皆決於其婦，其婦人志量，實出男子上」。按：暹羅國之家政、國政，雖都掌握於女人之手，但其君王仍是男子，故不可列為女王國。

也記載了以女爲王的「東女國」。其卷四云：

> 東西長，南北狹，即東女國也。以女爲王。因以女爲國，
> 夫亦爲王，不知政事，丈夫惟攻伐田種而已。土宜宿麥，
> 多畜羊馬，氣候寒烈，人性躁暴。東接土番國，北接于
> 闐國，西接三波訂國。（原註：中印度境）

　　按《大唐西域記》所載的女王國在中印度境內。故雖其與
《北史》、《隋史》所載的西域女王國，有政經、風俗、氣候等
相似處，但畢竟分處二地，非是同一國家。

　　趙汝適的《諸蕃志》載有一「西海女國」，其狀況爲：

> 西海亦有女國。其地五男三女。以女爲國王，婦人爲吏
> 職，男子爲軍士。女子貴則多有侍男；男子不得有侍女。
> 生子從母姓，氣候多寒，以射獵爲業。出與大秦、天竺
> 博易，其利數倍。

　　此西海女國並不是全國無男的女子國，而是由女子掌政的
女王國。「五男三女」是男女人數的比例，陽盛陰衰的差距極爲
嚴重。物稀則貴，女子的地位，可能因人數稀寡及擁有懷孕生育
的能耐而大幅揚升。上至國王，下至吏職，全由女子擔任；男子
只能充當軍士而已。可能爲了平衡男女人口的差距，故女子可以
有侍男；而男人絕不可有侍女，且生子從母姓，可謂典型的母系
社會。

按：《四庫提要・史部地理類三》對於《諸蕃志》的可信度頗為肯定，其云：「（《諸蕃志》）所言皆海國之事，《宋史・外國列傳》實引用之，核其敘次、事類、歲月皆合。……然則是書所記，皆得諸見聞，親為尋訪，宜其敘述詳核，為史家所依據矣！」

《諸蕃志》既是敘述詳核有助於史實的地理書，儘管其西海女國的記載，《宋史・外國列傳》雖未引用，但卻可用來考核《宋史》之前的史書有關女王國的記載。按：前文考訂《北史》、《隋史》、《舊唐書》、《新唐書》所載的西域女王國是同一國家。此國在《北史》、《隋史》中名稱是「女國」，但到了《新、舊唐書》中卻被稱為「東女國」，原因是「西海亦有女自王，故稱『東』別之」，唯此西海女國，《新、舊唐書》都未詳細記載。「西海」是青海的古名❷，亦位在西域。而《諸蕃志》所載的西海女國，除了女尊男卑、女主政事、男主戰事、生子從母姓等習俗與東女國相似之外；其「氣候多寒，以射獵為業」及和天竺有經貿往來，亦與東女國完全相同。此必是同處西域，雖政治勢力範圍不同，但風土習俗及政治經濟必類似之故。因此《諸蕃志》中「西海女國」的記載，可補《新、舊唐書》之闕。

綜合上述的女王國，可得以下之結論：

1.《三國志・魏書・東夷傳》所載之女王國，即是今之日本國。魏明帝時冊封為「親魏倭王」。雖以女為王，但非女尊男卑。

2.《魏書・吐谷渾列傳》所載之女王國，只是傳聞，事蹟難

---

❷　清・齊召南《水道題綱》：「青海在西寧府邊西五百餘里，古名西海」。

詳考。

3.《梁書·諸夷列傳·扶南國》所載的扶餘國曾長期由女王統治，在今越南順化以南七千里的海西大灣中。

4.《北史·西域列傳·女國》、《隋史·西域列傳·女國》、《舊唐書·西域列傳·東女國》、《新唐書·西域列傳·東女國》四種史書所載的女王國，應是同一個國家。此國以女為君，有大小女王共知國政。女尊男卑，女主政事、男主耕戰。氣候多寒，以射獵為業。與西域諸鄰國有貿易行為。有「鳥卜」、葬殉等特殊習俗。

5.《新、舊唐書》二正史有「西海女國」之名，卻不載其史實。而《諸蕃志》所記的「西海女國」，可補其闕。此國與東女國的政、經、氣候、風俗皆類似。

三、小說中的女兒國

女子國女子「感水而生」的生育方式，及男子被擄歸後無不死的傳說；再加上女王國女君執政、男卑女尊的社會習俗等等，經由小說作者各取所需之後；再配合翻空造奇的奇情巧思，便幻設出古典小說中令人目眩神迷的「女兒國」情節。然而作者的用心所在，卻是各有異同：吳承恩的《西遊記》表面上是借女兒國的情節，以富貴美色等試驗唐三藏求經之決心；羅楙登的《三保太監西洋記通俗演藝》❷❹（下文或簡稱為《西洋記》）則藉女兒國情

---

❷❹　《三寶太監西洋記通俗演義》，初署「二南里人」撰。魯迅《中國小

節以記述海外奇國怪事，但細看二書的旨趣，似乎都重在「諧謔」；李汝珍的《鏡花緣》女兒國除諧趣之外，時重在「諷諭」。至於豔情小說《宜春香質》中的女兒國描述，則偏於「煽情」。茲論述於下：

按：吳承恩生於明·武宗正德五年，卒於神宗萬曆八年（西元 1150～1580 年）。羅楙登生平資料可知者甚少，生存年代約在萬曆二十六年（西元 1598 年）前後。因此吳承恩的年齡必大於羅楙登；且《西遊記》的創作理應早於《西洋記》。然而二書中女兒國的一些基本情節極爲相像，此頗值得玩味。

《西遊記》第五十三回，回目是「禪主吞澬懷鬼孕，黃婆運水解邪胎」，內容敘述唐三藏解脫了牛魔王之難，來到「西梁女國」，擺渡過了「子母河」：

> 三藏見那水清，一時口渴，便著八戒：「取缽盂，舀些水來我喫。」那獃子道：「我也正要些兒喫哩。」……不上半個時辰，那長老在馬上呻吟道：「腹痛！」八戒隨後呻吟道：「我也有些腹痛。」沙僧道：「想是喫冷水了？」說未畢，師父聲喚道：「疼得緊！」八戒也道：「疼得緊！」他兩個疼痛難禁，漸漸肚子大了。用手摸時，似有血團肉塊，不住的骨突骨突亂動。

說史略·明之神魔小說下》根據書前羅楙登所寫之序文，而斷定羅楙登即是撰者。柳存仁《倫敦所見中國通俗小說書目提要》云：「楙登還寫過《香山記傳奇》，其序文作於萬曆二十六年（西元1598年）。亦署同樣的筆名（按即二南里人）。」

……婆子戰兢兢的道：「……我這裡乃是西梁女國。我們這一國盡是女人，更無男子，故此見了你們歡喜。你師父喫的那水不好了。那條河，喚做「子母河」。我那國王城外，還有一座迎陽館驛，驛門外有一個「照胎泉」。我這裡人，但得年登二十歲以上，方敢去吃那河裏水。喫水之後，便覺腹痛有胎，至三日之後，到那迎陽館照胎水邊照去。若照得有了雙影，便就降生孩兒。你師喫了子母河水，以此成了胎氣，也不日要生孩子。

……只是我們這正南街上有一座解陽山，山中有一個『破兒洞』，洞裏有一眼『落胎泉』。須得那泉裏水喫一口，方才解了胎氣。」

吳承恩安排了莊重俊秀的唐三藏，和獃憨痴肥的豬八戒去誤飲子母河的河水而腹痛受胎，已極具諧趣效果了。接著再借老婆子口中道出女兒國「盡是女人，更無男子」的背景；及女子們傳宗接代的方式。其程序是，成年女子飲「子母河」河水而感受胎氣，三日後去照「照胎泉」，若有雙影，便可生子。破解之法是飲「落胎泉」的泉水。

與《西遊記》以上情節相映成趣的是《西洋記》中女兒國的故事，其卷八第四十六回，回目是：「元帥親進女兒國，南軍誤飲子母水。」敘述鄭和被西洋女國女王逼婚不成，慘遭拘禁，故劉先鋒率領五十名軍事欲探查之，卻誤飲子母河水之事：

（劉先鋒率士兵）及行到橋上……劉先鋒勒住了馬看了一

會；眾軍士也看了一會，卻又見橋底有一泓清水。……
劉先鋒望橋下看一看；眾軍士也望橋下看一看。剛剛看
得一看，眾軍士一齊吆喝起來。你也吆喝道肚裏痛，我
也吆喝道絞腸痧。吆喝了一會，眾軍士一聲響都跌翻在
橋上。你又滾上，我又滾下，眾人滾了一會還不至緊，
連劉先鋒也肚裏疼起來，也滾下馬來。

……（眾人）一齊兒步打步的捱下橋去，各人吃了一瓢水，
卻又捱上橋來。……那曉得坐一會，肚子大一會，坐一
刻肚子大一刻。初然間還是個砂鍋兒，漸漸的就有巴斗
來大，縱要走也走不動了。

……王爺問道：「……那路頭上的大橋，叫做甚麼橋？」
女百姓道：「叫做影身橋。」王爺道：「怎麼叫做影身
橋？」女百姓道：「我這國中，都是女身不能生長。每
年到八月十五日，上自天子、下至庶人，都到這個橋上
來照。依尊卑大小站在橋上，照著橋下的影兒，就都有
娠，故此叫做影身橋。」王爺道：「那橋底下的河叫做
甚麼河？」女百姓道：「叫做子母河。……我這國中，
凡有娠孕的，子不得，雌母就到這橋下來吃一瓢水，不
出旬日之間，子母兩分，故此叫子母河。」……王爺又
問那女百姓說道：「這水可有毒麼？」女百姓道：「並
沒有毒，只是會催生。」王爺道：「可曾有人錯吃了的？」
女百姓道：「似孕非孕就錯吃了。……此去百里之外，
有一座山，叫做骷髏山，山上有一個叫做頂陽洞，洞裡
有一口井叫做聖母泉，錯吃了水的，吃下聖母泉就解了。」

　　《西遊記》中安排唐三藏、豬八戒兩人喝河水很簡單；但是要五十一名將士同時口渴喝水則很困難。於是，《西洋記》改由照了影身橋橋下的水影，使軍士們都感受胎氣而腹痛受苦，再全數喝了子母河下的催生水。末了，由女百姓口中道出西洋女國的傳宗接代方式：八月十五，全國依尊卑大小照影身橋受孕，難產者喝子母河水催生，似乎非孕者飲聖母泉破解。

　　此外，《西遊記》中的「落胎泉」，是被惡道士如意真人所把持，悟空費了九牛二虎之力，方取得了泉水。《西洋記》中的「聖母泉」，則由金頭、銀頭、銅頭三位好色的宮主娘娘看守，馬太監亦出生入死方取得泉水。再者，唐三藏被女王留婚，其脫困之計，乃是依賴孫悟空的「假親脫網」，即利用了和女王假結婚的計謀；鄭和亦被女王逼婚，其脫困則是依靠部將唐狀元和番女黃鳳仙的真婚配所致。故基本情節的大量雷同，及創作的前後關係，我們可推論《西洋記》女子國的情節，應有受到《西遊記》的影響。

　　但詳勘《西遊記》的女兒國情節，亦是前有所本，非是吳承恩自創。前文所引述，內容同以三藏取經事為主的《大唐西域記》及《三藏法師傳》二書，皆載有全國無男的女子國——西女國；且《大唐西域記》又另載有以女為君，男卑女尊的女王國——東女國。若結合以上女子國、女王國的主要特色，則「全國皆女」、「以女為君」的女兒國雛形已漸具了。

再者，話本《大唐三藏取經詩話》㉖中，〈經過女人國處第十〉已描述：「此是女人之國，都無丈夫」，說明此女兒國純女無男的特色。其次，女王已對三藏提出：「和尙師兄，豈不聞古人說：『人過一生，不過兩世』，便只住此中，爲我作個國主，也甚好一段風流事」的結婚要求。故《大唐三藏取經詩話》中，雖未言及女兒國的傳宗接代方式；但《西遊記》中「女王留婚」的情節，在此以約略顯出眉目了。

另外，元人楊景賢所著的雜劇《楊東來先生批評西遊記》中第十七齣〈女王逼婚〉，則明言此女兒國傳宗接代的方式是：「俺一國無男，每月滿時，照井而生」（女王口白）。正因爲如此，故女王唱道：「平生不識男兒像，見一幅畫來的也情動；見一個泥塑的也心傷。」遇見取經的唐三藏時，便設下了「花羅網」、「準備著金殿鎖鴛鴦」，要「陪粧奩留他做丈夫，捨身軀與他做正房」，繼而有「女王做抱住唐僧科」、「女王做扯唐僧科」、「（唐僧）發（抖）科」、「女王捉唐僧科」等舞臺動作。並有「你若不肯呵！鎖你在冷房子裏，枉熬煎得你鏡中白髮三千丈」的駭人威脅。

故知《西遊記》中女兒國的基本情節，在以上所述的各項資料中，堪稱已有具體輪廓了。此外，筆者懷疑雜劇中女王強橫粗暴的逼婚描寫，雖影響《西遊記》較少；但可能提供《西洋記》作者創設女王強摟鄭和，欲逼其就範；及金頭、銀頭、銅頭三宮

㉕　王國維在〈大唐三藏取經詩話跋〉中，斷定本書是南宋刊本；但在〈兩浙古刊本考〉文中，卻又認爲是元刊本；而魯迅則以爲是元刊本。

女爲爭奪唐狀元而大打出手的靈感。

然而《西洋記》女兒國情節，除受唐僧取經故事及《西遊記》影響之外；亦自有其淵源。如《咸賓錄》卷六載：「其（爪哇）旁有蘇吉丹國……其東則女人國。愈東則尾閭所泄，非人世矣。」；《裔乘·南夷卷》之二云：「爪哇……東抵古女人國。」又《皇明象胥錄》卷四載：「蘇吉丹……東至海，水勢漸低，女人國在焉」**㉖**，據此傳說，故《西洋記》第五十回道：

> 去此（西洋女國）不過百里多遠，也沒有天地日月，也沒有東西南北，只是白茫茫一片的水，漩成三五里的一個大渦，如天崩地塌一般的響……不是人世上……是個海眼泄水之處，名字叫尾閭。

可證羅楙登採用了《咸賓錄》等三書中的女人國記載，用以說明西洋女國的地理方位及特色。

而二本小說中，宜特加注意的是飲子母河的河水，便可懷孕或催生的情節，應該是從自古以來盛行的「感通而生」的神話，及《山海經》郭、郝注、《梁書》、《南史》等文獻中所載的女子國的女子入水而受孕的民間傳說所獲致的靈感。且《三藏法師傳》中，又有天女降世，浴殑伽河，水靈觸身，生四子的記載（詳

㉖ 按《咸賓錄》、《裔乘》、《皇明象胥錄》三書，只提及女人國之名與所在方位而已，缺乏其他描述，故不能斷定其究竟是女子國或女王國，遂不置於論文一、二節中討論。

見前文引），亦更能與小說中的「子母河」，有或多或少的關係吧！

而《西洋記》中照影身橋的水影便可感受胎氣懷孕，及照照胎泉的泉水，若得雙影，便可產子的情節，則是受《後漢書》、《異域志》等所載女子國的女子「窺神井而得孕」的民間傳說所影響。

至於「落胎泉」、「聖母泉」的泉水可墮胎一事，因女子國文獻中無此類記載，故應該是作者根據小說內容需要所創設的情節。

另外，《西遊記》中，老婆子對唐三藏等人說：

> 我一家兒四五口，都是有幾歲年紀的，把那風月事盡皆休了，故此不肯傷你。若還到第二家，老小眾大，那年小之人，那個肯放過你去，就要與你交合。假如不從，就要害你性命，把你們身上肉，都割了去做香袋兒哩！

何以如此呢？因為「我國中自混沌開闢之時，累代帝王，更不曾見個男人至此」（五十四回女王語）。蓋《西遊記》的西梁女國，位處西域蠻荒，故可如此描寫。但《西洋記》的女國，位在眾國群集的海運道上，怎麼可能沒見過男人？為了使情節合理化，羅楙登創為：

> 女王道：「我們西洋各國的男人再沾不得身，若有一毫苟且，男女兩個即時都生毒瘡，三日內肉爛身死。故此，

我女人國一清如水。」……老爺（按即鄭和）道：「你說
女人國一清如水，沾不得人身哩！」女王道：「那是我
西洋各國的人，若是你南朝的人物，正好做夫妻。」老
爺道：「自古到今，豈可就沒有一個我南朝人來？」女
王道：「並沒有一個人來。縱有一個兩個，我這裡分派
不勻，你抓一把、我抓一把，你扯一塊、我扯一塊，碎
碎的分做香片兒，掛在香囊裏面，能夠得做夫妻麼？」

　　二本小說中記述只要男人（或天朝男人）誤入女兒國，其下
場將是被撕扯割裂成肉塊，裝進香囊之中，成為女人的配戴之物。
此內容當然在於強調性慾乃人之本性，從未近過男身的女子為了
爭奪男人，是不擇手段、不顧羞恥的。但此亦受到地理類書籍《諸
蕃志》、《嶺外代答》、《異域志》等所記載的女子國，男人誤
入其地，被群女攜以歸，數日，無不死的傳說所影響。至於男人
被剝皮割肉裝進香囊之事，是否得自於《北史》、《隋史》及《新、
舊唐書》所記載西域女王國處理貴人的屍體是剝皮，以金屑和骨
頭置瓶中的靈感？則存疑不敢斷定。

　　基本上《西遊記》女兒國的情節是簡單的，敘述的文字只
有五十三、五十四兩回，共約六千五百字左右；而《西洋記》則
由四十六回至五十回，共五回，約三萬字左右。情節即是複雜多
變的。雖《西洋記》受《西遊記》的影響，故在基本情節方面，
頗為類似。但若以「諧謔」的創作本旨來看，《西洋記》的效果
實在高於《西遊記》，因和尚進入女兒國，被女王逼婚時，是「不
為也，非不能也。」故唐三藏只能面紅耳赤的受窘，或呆若木雞

的念經而已。太監進入女兒國，被逼行房時，則是「不能也，非不為也。」故種種俏皮挑逗的對話、唐突滑稽的動作都可出現。所幸《西遊記》女兒國情節中，尚有孫悟空的足智多謀，及豬八戒的插科打諢，憑添了不少「笑果」，否則便缺乏情味了。

　　明代署名「醉西湖心月主人」所著的《宜春香質》，其第四部〈月集〉❷中，載有一名為「聖陰國」的女兒國。此聖陰女兒國的情節特色，與《西遊記》、《西洋記》一致，仍是全國皆女、以女為王；且亦有女王逼迫男主角紐俊行房的情節。唯其傳宗接代的方式與《西遊記》、《西洋記》同中有異，相同的是皆與「水」有關，不同的則是：

> 女王道：「……我聖陰國，有一聖陰山，山上有一佈陰神。每年夏至日，女子備香燭果品禱祀其神，入溫池淨身淘摸，摸得毓陰芽者，即為男子；摸不著者，即為女人。交感時，即以毓陰芽繫陰邊，過我熱氣到他子宮便有孕。飲祈陰水，期年而生，生來都是女子，不用乳，便以祈陰水育之。十六歲又去求芽擇配。」

蓋「毓陰芽」之說，文獻中未見記載，應是作者醉西湖心月主人所自創。推勘甚捨浴水、照井、感南風等傳統女兒國生育方式，

---

❷　《宜春香質》分「風」、「花」、「雪」、「月」四集，每集五回，敘一事。作者「醉西湖心月主人」之真實姓名已不可考。當與《弁而釵》為同一人所撰。內容以專寫同性戀為主。今存有明崇禎筆耕山房刻本，台北天一出版社有此影印本發行。

而另闢蹊徑的目的,實是重在「煽情」罷了。因小說中描述女王以毓陰芽與紐俊赴巫台的情節,可謂極盡豔情之能事。

另《宜春香質》中,尚有一純男無女的「宜男國」值得注意,因此國人民皆是男子,但有「內粧」、「外粧」的差別,外粧是男身男粧,行男子之事;內粧則是男身女粧,行女子之事。故此國男「皇后」的粧扮是:

> 那娘娘雲鬢堆鴉、香腮粉臉、髻梳巫山、裙拖瀟湘,是好一個娘娘,卻是一雙大腳。

除了「卻是一雙大腳」的描述之外,以上此男身女粧的皇后粧扮,可能與《鏡花緣》中林之洋被強改扮女粧、被逼封爲「娘娘」,略有關聯。

至於李汝珍(約西元 1763～1830 年)所撰的《鏡花緣》女兒國情節,筆者以爲是整本小說極精采、極有價值的部份。其三十二回至三十七回,共六回,約二萬字左右。第三十二回:

> 行了幾日,到了女兒國。船隻泊岸。多九公來約唐敖上去遊玩。唐敖因聞得太宗命唐三藏西天取經,路過女兒國,幾乎被國王留住,不得出來,所以不敢登岸。

由此,可斷定李汝珍必看過吳承恩的《西遊記》,或話本、戲劇中「女王留婚」、「女王逼婚」的故事。

再者,李汝珍有可能也閱讀過羅楙登的《西洋記》,因第

三十六回：

> 原來林之洋那日同國王成親，上了牙床，忽然想起：「當
> 日在黑齒國，妹夫同俺頑笑，說俺被女兒國留下，今日
> 果然應了。這事竟有預兆。那時九公曾說：「設或女兒
> 國將你留下，你卻怎處？」俺隨口答道：「他如留俺，
> 俺給他一概弗得知。」這話也是無心說出，其中定有機
> 關。今日國王既要同俺成親，莫若俺就裝作木雕泥塑，
> 給他一概弗得知，同他且住幾時，看他怎樣。」因存這
> 個主見，心心念念，只想回家。……一連兩夜，國王費
> 盡心機，終成畫餅。

此段情節與《西洋記》第四十六回，女王逼婚鄭和的情節
相比較：

> 不由老爺（鄭和）分說，一把抱住老爺，老爺把個臉兒朝
> 著裴首，只做一個不得知；把老爺的三山帽兒去了，也
> 只作不知；又把老爺的鞋脫了，也只作不知；又把老爺
> 的上身衣服脫了，也只作不知；又把老爺的小衣褪了，
> 也只作不知；又把個被來蓋著，老爺也只作不知。

《西洋記》中，女王每有一個狎昵動作，鄭和就表演「只
做一個不知」或「只作不知」的無效反應，此段描寫諧趣而生動，
令人印象深刻。而《鏡花緣》中，林之洋被女王逼婚時的自救之

道是「俺給他一個弗得知」。「弗得知」即是「不得知」，《西洋記》中六句「只作不（得）知」，很可能就是李汝珍安排林之洋「一概弗得知」的靈感。此外，女王逼婚的事件，也是《西遊記》、《西洋記》，甚至《宜春香質》都有描寫了。同樣是描述女兒國事件，《鏡花緣》若再入《西遊記》、《西洋記》、《宜春香質》的窠臼，則不足為觀了。因此李汝珍另闢蹊徑，讓女兒國不同於以上二本小說中全國無男的女兒國，也去除掉歷來文獻中女子國浴水、照井、感南風等「感通生子」的傳說。其三十二回載：

> 此地女兒國卻有不同：歷來本有男子，也是男女配合，與我們一樣。其所異於人的，男子反穿衣裙，做為婦人，以治內事；女子反穿靴帽，做為男人，以治外事。男女雖亦配偶，內外之分，卻與別處不同。

《鏡花緣》的海外異國描寫，基本出發點大都根據《山海經》而來，女兒國也不例外。可是很明顯的，其內容情節與〈海外西經〉及郭、郝的注文並無關涉。此女兒國仍是男女相配為夫婦，只是陰陽倒置，以女為男，以男為女罷了。

第三十二回，唐敖道：「小弟當日見古人書上有『女治外事，男治內事』一說」。按：李汝珍博學多聞，載有此說之書，不知是何書？筆者遍查不得。不過應與前文所述記載男卑女尊、女子為王、百官為女、生子從母姓、女貴者可擁有多名侍男，男則不可有侍女等的女王國文獻有所關聯。李汝珍從這些文獻中獲

致靈感，於是以他豐富的才思，打破傳統的男女觀念，且進一步「顛倒乾坤」，使男女角色對調，營造出離奇炫怪的迷人情節。但最重要的，是寄託了他對男尊女卑傳統文化的諷刺；及對纏足、穿耳等壓制女性等社會惡習的批判。此外，藉著書中人唐敖、多九公的為女子國治河，展現了李汝珍的水利工程知識與實際治河經驗❷；並抒解他懷才不遇的鬱抑情思。

「諷刺」、「批判」等主旨，在《鏡花緣》女子國情節中，是與「諧謔」結合而同時展現的。換句話說，李汝珍是以諧謔有趣的筆調，表達了他諷刺、批判的主旨精神。如三十三、三十四回中，林之洋被女兒國幽禁、穿耳、纏足、扮女裝、施脂粉，進而被倒吊、責打等內容，是以一位個性粗魯豪邁的大男人，親身接受傳統弱女子被加諸於肉體及心靈上的折磨與束縛。故在描寫的技巧上，已夠令讀者忍俊不住了。但其所引發對傳統文化的反省與思考，也是鉅大無比的。這也是同樣是「女兒國」的情節，同樣有諧謔的效果，但《鏡花緣》比起《西遊記》及《西洋記》，卻更有內蘊、更有震撼力的原因。❷

---

❷ 李汝珍在嘉慶六年（1801年），於河南擔任縣丞，特值黃河決口，幾十萬民夫從事於疏濬及築堤。其友人許喬林《弇榆山房詩略·送李松石縣丞汝珍之官河南》詩云：「丞尉雖小官，汎地有分段……三防與四守，供職勿辭倦。」

❷ 古典小說中亦有女王國的故事，如《太平廣記》四八一卷即載有東女國事。唯其內容與《新、舊唐書》所載的「東女國」極其相似，故不予贅論。

四、結　語

　　女子國的傳說、女王國的記錄，及女兒國情節的小說，除
了寄託各時代人們對荒遠地區的想像及記錄之外，更彌足珍貴的
是，小說作者結合了前二者，並且寄託了不同的情思於內容中。
故讀者在《西遊記》、《西洋記》中可能因作者的諧謔而莞爾；
在《鏡花緣》中可因作者的諷喻而反省；甚而在豔情小說《宜春
香質》中，可看到肉慾橫流的明代社會側影。這正是古典小說中
女兒國情節的動人可喜處。

辨唐人小説非古文運動
之支流、附庸

前言—文學史中對唐人小説與古文運
動關係的誤解

陳寅恪先生在〈韓愈與唐代小說〉一文中強調：

「貞元（七八五－八〇五）元和（八〇六－八二〇）爲古文之
黃金時代，亦爲小説之黃金時代。《韓集》中頗多類似
小説之作。〈石鼎聯句詩并序〉及〈毛穎傳〉皆是最佳
例證。前者尤可云文備眾體，蓋同時史才、詩筆、議論
俱見也。要之，韓愈實與唐代小説之傳播具有密切關係。
今之治中國文學史者，安可不於此留意乎？」❶

---

❶ 〈韓愈與唐代小說〉原稿係以中文撰作，由J. R Ware博士譯成英文，
發表於一九三六年四月出版之《哈佛亞細亞學報》第一卷第一期，十
年後由程會昌重譯爲中文，始刊布於國內，今并收入《陳寅恪先生論
文集》。

　　本文發表後，果引起中外學者對唐人小說與古文運動關係的注意；文學史的著者更不敢忽之，紛紛進一步倡言唐人小說乃是古文運動的支流、附庸。諸如：

劉大杰《中國文學發達史》云：

> 當代的傳奇文，也可以說是這一個（古文）運動的副產品。……當日的小說作者，多少都與古文運動者發生關係，沈既濟是受蕭穎士的影響；沈亞之是韓愈的門徒；至於元稹、陳鴻諸人更不必說了，古文運動的最大功勞，是文體的改變；文體的改變，間接的促進小說的成就。……唐代的傳奇文的興起，不能不看作是古文運動的一個支流。

譚正璧《中國文學史》：

> 從文體方面說，傳奇一方面是志怪書的演進；一方面是受了當時古文運動的影響。吾們讀了韓愈以前的王度所作〈古鏡記〉；張鷟所作〈遊仙窟〉為近於駢文的體裁。便可知在韓愈同時或以後的傳奇，都是一氣呵成的流利散文，決非無因所致。但這是那主持『古文運動』者所未曾夢想到的事情。

鄭振鐸（西諦）《插圖本中國文學史》：

> 唐代傳奇文是古文運動的一支附庸，卻由附庸而蔚成大國。

張長弓《中國文學史新編》：

> 傳奇在隋唐間已有蹤跡；到大曆、元和之後才至於鼎盛。
> 而促成其生長的要歸功於韓、柳的古文運動。……譬如
> 沈既濟是一位著名傳奇的作者，他是受古文派蕭穎士的
> 影響最大的；又沈亞之是韓愈的門徒；韓愈自己也寫著
> 遊戲文章〈圬者王承福傳〉之類；柳宗元亦有〈種樹郭
> 橐駝傳〉、〈梓人傳〉等製作。其他陳鴻、元稹、李公
> 佐之徒，皆直接或間接與古文運動有關。

此外，劉開榮所撰之《唐代小說研究》亦云：

> 古文運動不但給小說藉以託身的文體，更因當時複雜的
> 政治背景，而間接地刺激小說的產生。所以說當時的「古
> 文運動」是傳奇小說勃興的重要條件之一。……傳奇小
> 說因著古文運動的衰竭而趨於疲弱。

綜合各家斷定唐人小說乃古文運動的支流、附庸，所持的論點，
約可歸納為三：

    ⑴古文運動所提倡的散文文體，促成唐人小說的發達。

    ⑵唐人小說的作者多與古文運動有直接或間接的關係。

    ⑶唐人小說隨古文運動的興衰而興衰。

    以上三項論點，各作者礙於文學史的篇幅及敘述方式，只
做「蜻蜓點水」式的提及，未能詳密的舉證；且其中頗有僅憑臆
度揣測，似是而非處，讀之不可不慎。茲就此三點辨正於下：

一、唐人小説的文體自有所本，非假手古文運動

　　唐朝古文運動的淵源甚長，南朝裴子野《雕蟲論》已直指駢儷文爲「淫文破典」❷；北朝蘇綽仿尙書作〈大誥〉，用以革除時弊❸；隋朝李鄂亦迎合帝旨，上書請革文弊❹。初唐史家李百藥著《北齊書》；魏徵著《隋書》；姚思廉著《梁書》、《陳書》；令狐德棻著《周書》；李延壽著《南、北史》，均借〈文苑傳〉、〈文學傳〉之序論，抨擊六朝淫靡駢的的文風，並提倡宗經重道的文學理論。後陳子昂疏樸近古的風格令人耳目一新❺，堪稱唐代古文運動的前驅。李華、蕭穎士、賈至、獨孤及、李翰等，則是盛唐時期由駢文過渡到散文的重要作家❻。中唐柳

---

❷　裴子野〈雕蟲論〉曰：「自是閭閻年少，貴游總角，罔不擯落六藝、吟詠情性。學者以博依爲急務，謂章句爲顓魯，淫文破典，裴爾爲功，無被於管絃，非止乎禮義，深心主卉木，遠致極風雲，其興浮，其志弱，巧而不要，隱而不深。」

❸　《周書・蘇綽傳》：「自有晉之季，文章競爲浮華，遂成風俗，太祖（宇文泰）欲革其弊，故魏帝祭廟，群臣畢至，乃命綽爲〈大誥〉，奏行之，自是以後，文筆皆依此體。」

❹　見《隋書・李鄂傳》

❺　陳子昂爲文，諸表序雖沿排儷之習，但論事書疏之類，則疏樸近古。

❻　唐・梁肅《李翰前集・序》：「唐有天下幾二百載，而文章三變，初則廣漢陳子昂以風雅革浮侈，次則燕國公張公説以宏茂廣波瀾。天寶以還，則李員外（李華）、蕭功曹（蕭穎士）、賈常侍（賈至）獨孤常州（獨孤及）比肩而作，故其道益熾。若乃辭源辯博，馳騖古今之際，高步天地之間，則有左補闕李君（李翰）。」

冕將文學歸根於教化倫理，建立儒家的文學理論❼。唯柳冕僅有理論，並無作品實踐之。故古文運動的醞釀期雖長，但影響尚未普及；直至韓愈的奔走呼號，方有「運動」的氣象可言。

然而唐人小說於古文運動之前已迭有佳作，小說的文體自非假手於古文運動，乃另有所本：

（一）六朝筆記文體

唐人自稱其作品爲「記」或「錄」。作者常在篇末說明故事從何聽來，爲何記之。例如：

〈離魂記〉：

> 玄祐少常聞此說，而多異同；或謂其虛。大曆末，遇萊蕪縣令張仲規，因備述其本末。謐則仲規堂叔，而說備悉，故記之。

〈三夢記〉：

> 行簡曰：《春秋》及子、史，言夢者多；然未有載此三夢者也；世人之夢眾矣，亦未有此三夢。豈偶然也？抑亦必前定也？予不能知，今備記其事，以存錄焉。

因此可知，大部份唐人小說的性質，仍不脫六朝筆記之習，以誌奇錄怪爲主。而六朝時期無論是鬼神志怪書，如：干寶《搜神記》、張華《博物志》；笑話集，如：邯鄲淳《笑林》（原書已佚，《太平廣記》、《太平御覽》錄遺文二十餘事），侯白《啓顏錄》（佚，《太

---

❼　見柳冕〈答徐州張尚書論文武書〉、〈答衢州鄭使君論文書〉。

平廣記》引）。以及清言集，如：劉義慶《世說新語》等等，皆是以清麗流暢、樸直生動的散文寫成的。故唐人小說不只在內容取材上，常沿襲六朝筆記，甚至在運用文體上，亦是一脈相承。

（二）史傳文體

唐人小說雖不脫六朝筆記的習氣，但是已非六朝的「殘叢小語」所能比擬了。就其原因，主要是大量運用「史筆」之故。

唐人小說與史傳的淵源極深。先就名稱而言，唐人亦有逕稱其小說為「傳」的，例如：〈柳氏傳〉、〈鶯鶯傳〉、〈長恨歌傳〉、〈東城老父傳〉……。「傳」本有「傳記」、「流傳」二種涵義。作者每在篇末說明撰文之因。如：

〈任氏傳〉：

> 眾君子聞任氏之事，共深歎駭，因請既濟傳之，以志異云。

〈李娃傳〉：

> 予與隴西（李）公佐話婦人操烈之品格，因遂述汧國之事。公佐拊掌竦聽，命予為傳。乃握管濡翰，疏而存之。

作者的用心在：為人物作「傳記」，使其事蹟得以「流傳」。因此在名稱上沿襲了史書上「傳」、「記」的用法。

此外，唐人小說作者多本著史家「徵實」的態度創作，不厭其詳的標明故事的時間、地點。例如：

〈東城老父傳〉：

老父，姓賈名昌，長安宣陽里人。開元元年生。

開元十三年，籠雞三百，從封東嶽。

十四年三月，衣鬥雞服，會玄宗於溫泉。

二十三年，玄宗為娶梨園弟子潘大同女。

（天寶）十四載，胡羯陷落……杖入南山。

大歷元年，依資聖寺大德僧運平住東市海池。

建中三年……奉舍利塔于長安東門外鎮國寺東偏。

元和庚寅歲，九十八年矣。

文中對賈昌一生事蹟述之甚詳，時、事、地皆一一列舉，絲毫不亂，此非史家徵實之筆為何？

唐人小說的另一大特色乃是虛實揉雜，真偽參半。如〈霍小玉傳〉中之李益，與《新、舊唐書·李益傳》頗有相類處。正史載李益因為「少有疑病」，猜忌狐疑之心甚重，遂「撒灰扃戶」，偵伺妻妾的行動。而蔣防即加油摻醋，云李益早年負情於霍小玉，使紅顏含恨而死，臨死誓曰：

> 李君李君，今當永訣！我死之後，必為厲鬼，使君妻妾，終日不安。

後李益對妻妾果然猜忌萬端，橫施毒虐，「至於三娶，率皆如初」❽。

---

❽　詳見王夢鷗先生〈霍小玉傳之作者及其寫作動機〉（《正大學報》一卷九期）及〈霍小玉傳之作者及故事背景〉（《書目季刊》七卷一期）。

　　蓋小說之眞，乃用以徵信於人，加強說服力；小說之僞，則用以增添興味，表現作家才思；或者用來含沙射影、掩蓋眞相等等。眞假之間，皆是作者苦心孤詣的心血投注。此乍看之下，彷彿違逆了史傳筆法。但反觀春秋的象徵隱微、褒貶大義；左傳的「艷而富，其失也巫」及「浮誇」❾，即可明白唐人小說的眞假迷離，也是「其來有自」的。

　　再者，作者喜在小說中夾雜議論文字，如：

〈柳氏傳〉：

> 然即柳氏，志防閑而不克者，許俊慕感激而不達者也。
> 向使柳氏以色選，則當熊辭輦之誠可繼；許俊以才舉，
> 則曹柯澠池之功可建。夫事由跡彰，功待事立。惜鬱堙
> 不偶，義勇徒激，皆不入於正，斯豈變之正乎？蓋所遇
> 然也。

〈謝小娥傳〉：

> 君子曰：誓志不捨，復父夫之仇，節也；傭保雜處，不
> 知女人，貞也。女子之行，唯貞與節能終始全之而已。
> 如小娥，足以儆天下逆道亂常之心；足以觀天下貞夫孝
> 婦之節。

〈南柯太守傳〉：

---

❾　范寧《穀梁傳·序》：「左氏艷而富，其失也巫。」韓愈〈進學解〉：
　　「左氏浮誇」。

前華州參軍李肇贊曰：貴極祿位，權傾國都，達人視此，
蟻聚何殊？

此類議論文字，其風格、體式不消說是承襲了史傳中的論贊文體。
歷來學者治史，頗重「史識」，而論贊多爲史家馳騁其史識的重
要場所。唐人小說既以史筆爲文，故亦師其故智，借用篇末的議
論文字，來表現其「史評」、「史識」一番，並澆澆胸中的塊壘。

平心而論，此類用以表達作家創作意旨及人生哲學的議論
文字，實在有損於小說藝術的完整，而招致蛇足之譏。雖是白璧
之瑕，但唐人小說既是作者「作意好奇，以寄筆端」之作，（胡
應麟《少室山房筆叢》），不如此，恐讀者買櫝還珠，辜負作者寄
於筆端的深心。且時隔境遷，後世學者也可依循此類線索，溯探
作者的寫作動機及主題思想。

總合上述，唐人小說無論在名稱上、創作精神、創作態度，
以致於表現技巧上，莫不受到史傳文體的重大影響。此外，部分
的唐人小說作家亦身兼撰史之職。如：〈枕中記〉、〈任氏傳〉
作者沈既濟官拜右拾遺史館修撰，著有《建中實錄》；〈古鏡記〉
作者王度自云：「兼著作郎，奉詔撰國史，欲爲蘇綽立傳。」；
〈東城老父傳〉、〈長恨歌傳〉的作者陳鴻「少學乎史氏，志在
編年」，修《大統記》三十卷，費時七年始完成❿。諸人在修史

---

❿　《唐文粹》（九十五）載陳鴻〈大統紀序〉云：「臣少學乎史氏，志
　　在編年。貞元丁酉歲（按貞元無丁酉，應是永貞乙酉（西元805年）之
　　誤），登太常第，始閒居遂志，迺修《大紀》三十卷，七年書就，故
　　絕筆於元和六年辛卯（811年）。」

的餘暇，出其餘緒，撰寫小說，因此史筆被運用於小說上，乃是自然且得心應手的事。更可證明唐人小說所採用的文體，多承襲自史傳，絕非假手韓愈的古文運動。

我國的史傳散文，先秦時已有高度的發展。《左傳》、《戰國策》、《國語》等在寫人、敘事方面的技巧，都有爐火純青的表現；降及兩漢，《史記》、《漢書》踵事增華，再度發出萬丈光芒，但是二書在造詞遣句上略有差異，《史記》因承先秦古樸之風，為文喜單筆，多散行文字；《漢書》則受辭賦影響，且班固本身即是一大賦家，故漸趨於弘麗精整，喜用複筆，多排偶句法。後世史書或樸實、或華美，或兼而有之，大抵不脫此二書的影響。

唐人小說的造詞遣字，亦可分為二類，初期較質樸無華，與史遷文筆較相近；晚期受唯美風氣影響，風格傾向華美綺麗，其行文雖以散文為主，但駢儷句法仍然夾雜使用，故較接近於漢書筆法。倘唐人小說真屬古文運動的附庸，則韓、柳之前，似乎不應該出現〈補江總白猿傳〉、〈古鏡記〉等流利典雅的散文體小說，而晚唐時多駢文儷句的《三水小牘》、《傳奇》等小說，豈不成了古文運動的反動？

（三）詩文合流

唐人小說中大多數作品喜歡夾雜詩歌，推測其原因，大致如下：一是唐詩的大盛，總領文壇風騷。小說家中，亦有以詩擅名的，如《鶯鶯傳》作者元稹便是。且作家又與詩人交往過密；往往某人作詩歌，某人寫小說。如白居易寫〈長恨歌〉，「歌既

成，使鴻傳焉。」於是陳鴻遂根據詩意而寫成〈長恨歌傳〉；元稹先寫〈李娃行〉（佚，許顗彥《周詩話》轉載其二句：「鬌鬢娥娥高一尺，門前立地看春風」），白行簡繼寫〈李娃傳〉；元稹著〈鶯鶯傳〉，「李公垂卓然稱異，遂爲〈鶯鶯歌〉以傳之」（〈鶯鶯傳〉原文）。貞元、元和之際，詩文合流之風甚盛。既以詩情寫小說，故小說中大量夾雜詩歌，乃是自然之事。

再者，唐朝以詩律取士，舉子應試之前，每以其所作之詩文投獻主司以自薦，稱爲「行卷」、「溫卷」。宋人趙彥衛《雲麓漫鈔》記載：

> 唐之舉人，先籍當事顯人以姓名達之主司，然後以所業投獻，踰數日又投，謂之溫卷。如《幽怪錄》、《傳奇》是也，蓋此等文備眾體，可以見史才、詩筆、議論。至進士則多以詩爲贄，今有唐詩數百種行於世者是也。

據此，似乎唐人小說的盛行與行卷的風氣有關，近人馮承基、羅聯添先生雖曾批駁此說⓫但唐朝既有行卷之風，小說既具備諸體，則被用來作爲仕途的敲門磚，並非不可能。而小說中多夾雜詩歌，在以詩律取士的科舉制度下，投卷時應該是較爲吃香的。

（四）俗講變文

唐人小說在文中夾雜詩歌，在文末附贊語，除了上述與詩

⓫ 馮永基先生著〈論雲麓漫鈔所述傳奇與行卷之關係〉，羅聯添先生著〈唐代文學史兩個問題之探討〉二文皆收錄於學生書局出版《中國文學史論文選集》第三冊（1979年3月初版）

文合流及模擬史評論贊外，或與當時民間的新文體——變文有關。

六朝時大譯佛經，俗講、變文自印度傳入中土。口宣爲俗講，手寫爲變文；俗講見之於文字即爲變文，而變文的現場演出則稱俗講。此種講唱文體，乃是以散文或駢文講，以韻文唱。其韻散結合的方式有三：

1.韻散重疊，如：〈漢將王陵變〉、〈張淮深變文〉、〈降魔變文〉等。

2.韻散相成，如：〈王昭君變文〉，〈張義潮變文〉、〈歡喜國王緣〉。

3.韻散相生，如：〈太子成道經〉、〈伍子胥變文〉等。[12]所謂韻散重疊者，即以散文部份供講述，以韻文部分重複歌唱散文部分內容。韻散相成者，即以散文部份作引起，而以韻文部份詳細敘述，內容有部份重覆者。韻散相生，則是韻文、散文視需要而出現，彼此不重覆。至於變文中的散文，有用駢偶體敘寫的，如〈八相變〉、〈降魔變文〉；有用淺近的文言敘寫的，如〈太子成道經〉、〈張淮深變文〉等；有用幼稚的白話敘寫的，如〈伍子胥變文〉、〈舜子變〉等。

〈遊仙窟〉在唐人小說中甚爲特別，通篇以駢儷文寫作，先有動作的描寫，再加入一些詩歌，邊寫動作邊有詩，似是「韻散相成」、「韻散相生」二式的總合體。〈鶯鶯傳〉也有部份雷

---

[12] 詳見曾永義先生〈關於變文的題名、結構和淵源〉，收錄於《說俗文學》（聯經出版社，1970年4月年初版）

同之處，故知唐人小說的文體與變文的關係應是很密切的。

總而言之，唐人小說的文體，本自六朝筆記、史傳、詩文合流及變文等；非古文運動蓬勃後，才供給其適用的文體，二者可能互有牽引，但絕無賓主關係。

二、唐人小說作者與古文運動者的關係未盡密切

歷來研究唐人小說的學者，大致都認爲〈古鏡記〉是最早的作品。作者王度正史無傳，生平僅可由文中推之一、二，汪辟疆先生證以《新唐書·隱逸傳》，得知王度、王凝乃同爲一人❸。此篇乃隋末唐初時所作，彼時文風一仍齊、梁之舊，以麗靡爲尙；而〈古鏡記〉文字典雅，已無六朝習氣。另未詳作者的〈補江總白猿傳〉，亦是初唐之作，其文已是技巧成熟，文從字順的散文；反觀此時的古文運動尙未抬頭，對當時文風並無什麼巨大的影響。

盛唐時期的小說家以沈既濟爲最重要。文學史著者劉大杰、張長弓等，皆謂其深受古文派蕭穎士的影響。今考《新、舊唐書》沈、蕭本傳，並無記載二人有任何交往情形；僅《新、唐書》蕭穎士之子〈蕭存本傳〉中云：

---

❸　見汪氏《唐人小說傳奇》中〈古鏡記〉篇後所附之考證。（文史哲出版社1981年出版）

　　亮直有父風，能文辭，與韓會、沈既濟……等善。

蕭穎士乃盛唐由駢至散過渡時期的重要作家，但爲文仍未脫駢儷舊習、散文亦呈半生不熟狀態。劉大杰等僅據其子蕭存與沈既濟相善，便斷定沈受蕭穎士的影響，區區孤證，實在令人難以心服。且設若沈既濟眞的深受蕭穎士的影響，那麼古文運動的醞釀期，竟然出現狐仙鼻祖的〈任氏傳〉，及轟動當時的〈枕中記〉等「附庸」作品，也未免太「青出於藍」，令人匪夷所思了。

　　反面觀之，古文運動的倡導者韓愈，三歲而孤，賴其兄嫂撫養成人，其兄韓會既與沈既濟相善，筆者懷疑韓愈幼時耳濡目染，說不定日後的古文運動反而是受到當時沈既濟啓迪也未可知！

　　中唐元稹固然是古文大家，沈亞之亦曾遊學韓愈之門，白行簡爲白居易胞弟，陳鴻也確實和白氏昆仲相善，但劉大杰、張長弓等據此而斷言其小說與古文運動有關，則不免有疏略之嫌。

　　按元稹爲文「辭誥所出，夐然與古爲侔」（《舊唐書・本傳》）；「變詔書體，務純厚明切，盛傳一時」（《新唐書・本傳》），其風格大抵如此。但〈鶯鶯傳〉辭藻美盛，對偶排比的文句俯拾皆是，殊乏古樸之感，故知元稹寫鶯鶯傳時的態度及筆法，與平日寫古文的習慣大相逕庭，其雖身爲古文大家，但寫小說絕非替古文運動作嫁。

　　沈亞之嘗遊韓愈之門，但是〈湘中怨解〉、〈異夢錄〉、〈秦夢記〉的小說，亦如同〈鶯鶯傳〉文藻華麗，又大量夾雜詩歌。〈湘中怨解〉有長達十三句的楚辭體〈風光詞〉；〈異夢錄〉

有〈春陽曲〉及「吟曰」、「歌曰」、「詩曰」數首。其華美之
風與韓門弟子愛難派－－皇甫湜、孫樵；愛易派－－李翱等殊異
⑭。李公佐、陳鴻雖與白氏昆弟相善，但文人相通聲氣乃自古而
然，如此，並未足以顯示二者關係深切，有主從之分。

　　察諸位小說作者的寫作動機既非宣導古文運動，所用的文
體也不是假手韓愈所提倡的散文；更何況中唐以前的小說家與古
文運動者較少有瓜葛，卻已有成熟精美的散文小說產生，因此「附
庸」、「支流」的說法，實在未周全。

三、唐人小說非隨古文運動之興衰而　　興衰

　　如上所述，韓愈古文運動之前，唐小說已有大家名篇出現。
而代宗大曆（西元七六六至七七九）至懿宗咸通（八六〇至八七三）
約一百年間，古文運動與傳奇小說同時盛行；但二者文體既不完
全相類，且古文家以宣導聖道爲宗旨；小說家則專寫聖人所不語
的「怪、力、亂、神」爲多；古文家爲文動機大抵嚴正，而小說
家則炫才干祿，挾怨影射，不一而足。二者相映成趣，但並無賓
主關係。

---

⑭　《四庫總目・皇甫持正集・提要》曰：「其文與李翱同出韓愈。翱得
　　愈之醇；而湜得愈之奇崛。」蓋韓派古文有難、易二系；愛易者主張
　　造新語而不失自然；愛難者則主張既造新語，則不妨怪。前者以李翱
　　爲代表，後者以皇甫湜、孫樵爲代表。

晚唐時，韓門愛難派孫樵、劉蛻輩、趨奇走怪，變本加厲，古文運動已至末流矣！⓯而溫庭筠、段成式、李商隱等所倡導的三十六體唯美駢文大盛；終唐之世，古文遂一蹶不振了。此時的傳奇小說亦深受晚唐淫靡之風的影響，趨於駢儷，雖然盛況不再，但佳作仍然迭出可觀。如裴鉶的《傳奇》──「文奇事奇，藻麗之中，出以綿渺，則固一時鉅手也。」（汪辟疆先生評語）；皇甫枚之《三水小牘》亦「於侈陳靈異之餘，隱寓垂戒之旨，至文辭雅飾，不失唐人軌範。」（同上）。

古文的復興，須待北宋歐陽修的以勳業文章為天下倡，三蘇、曾、王的接踵而起，始成為文章正宗。但是相對的，唐人傳奇體小說，卻在此古文運動光芒萬丈時悄然凋落。推測其原因，大致有三：

（一）文體本身的演變

胡應麟《筆叢》云：

> 小說，唐人以古典小說論叢，紀述多虛而藻繪可觀；宋人以後，論次多實而彩艷殊乏。

又：

⓯ 《四庫提要·孫可之（樵）集·提要》云：「今觀三家之文，韓愈包孕群言，自然高古；而皇甫湜有意為奇；樵則視湜有努力為奇之態。其彌有意於奇，是其所不及歟！《讀書志》引蘇軾之言，稱學韓愈而不至者為皇甫湜；學湜而不至者為孫樵，其論甚微。」

> 宋人所記，乃多有近實者，而文彩無足觀；本朝「新餘」
> 等話，本出名流，以皆幻設，而益以俚俗，又在數種下。

蓋物極必反，乃萬古不易的眞理。小說發展到中、晚唐，已臻極
盛，大家輩出、名作如林，有美皆備了，後世作者遂難乎爲繼。
宋較著名的仿唐人傳奇體小說，如秦醇的〈趙飛燕別傳〉、〈譚
意歌傳〉；樂史的〈太眞外傳〉、〈綠珠傳〉；及不曉作者的〈李
師師傳〉等。雖然此類仿唐人小說大都取材眞實，但文卑氣弱，
已然遠遜唐人。且〈太眞外傳〉仿自〈長恨歌傳〉、〈譚意歌傳〉
仿自〈霍小玉傳〉，除題材因襲未能推陳出新，又因作者的筆力
不逮而不及原作。

（二）士大夫崇道心理

宋代理學大盛，理學家認爲辭章害道，且視專務章句以悅
人耳目的文人爲俳優，因之宋代文風崇尚質樸平實，不事文采，
宋人所作的傳奇小說遂乏藻飾可觀。另外唐人個性較爲通達悅
順，即使「非三代兩漢之書不敢觀，非聖人之志不敢存」的韓愈，
也有〈石鼎聯句〉、〈毛穎傳〉等類似小說之作；以及〈羅池廟
碑〉等涉及神怪的文章。因此，士大夫撰寫小說並不驚世駭俗、
惹人唾罵；偶而受人非議，也可用「謔而不虐」來自解。反之，
宋朝士大夫卻鄙視傳奇小說，大肆抨擊。陳振孫《直齋書錄解題》
云：

> 尹師魯初見范文正〈岳陽樓記〉，曰：「傳奇體耳！」
> 文體隨時，理勝爲貴，文正豈可與傳奇同日語哉！蓋一

時戲笑之談耳！。

觀陳振孫辨駁之語，則可推知宋朝士大夫厭棄傳奇小說之心態。既然士大夫羞爲小說、羞讀小說，那麼傳奇小說的沒落，乃是不可避免的趨勢了。前文述及唐人小說的興盛與行卷頗有關聯。但降及宋朝，道學盛，文人轉用道學來干求名祿。宋人周密《癸辛雜識》云：

> 淳佑甲辰，徐霖以書學魁南省（按即禮部），全尚性理，時競趨之，即可以釣致科第功名。自此非《四書》、〈東西銘〉、《太極圖》、《通書》、《語錄》，不復道矣！

傳奇小說既不再被用來干祿，因此鮮爲人注意，更難逃沒落的命運了。

（三）白話文的成熟

白話文體在唐代民間文學裡，已略具規模；變文中的散文部分，本已淺顯通俗，間有不少採用純粹白話的地方。降及宋朝，由於社會富庶、都市繁榮，說話事業勃興，話本亦隨之大放異彩。以白話寫小說，聲情笑貌，無不畢現，其成績斐然可觀，自然取代傳奇小說，而成爲宋代文壇的一大主流。

結　語

　　總合上述，唐人小說的文體自有所本，非假手古文運動；唐人小說作者和古文家的關係也未盡密切；唐人小說更非隨古文運動的興衰而興衰。因此諸文學史作者冒然以唐人小說為古文運動的附庸、支流，實在使小說作者含冤莫白、飲恨千古了。

古典小説文備眾體的形成原因

前　言

　　大多數的中國古典小説，無論是白話或文言；長篇或短章，往往在行文中夾雜一些詩、詞、曲、駢文、辭賦❶；而評議論贊、奏章、詔誥、酒令、對聯、謎語、童謠、禪偈、讖語……等各類體式，亦時或充斥其中。造成古典小説「文備眾體」的特殊現象。

　　行文中兼備眾體是古典小説的一大特色，歸納其形成原因，大致可分爲主、客觀二大因素：主觀方面是作者藉小説來炫耀才學；客觀方面則是宿學積習所影響而導致；現實環境供需要求所刺激；及小説內容取材的特殊性所造成。茲先就客觀方面而論：

---

❶　張清徽先生曾於《中外文學》三卷十一期，發表〈詩詞在古典小説戲曲中的應用〉。文中統計：〈遊仙窟〉引詩七十七首；《水滸傳》引詩五百五十六首，詞五十四首；《三國演義》引詩一百五十七首，詞二首；《花月痕》引詩二百一十二首，詞十一首。

一、宿學積習所影響而導致

「讀書破萬卷，下筆如有神」。小說作者平日讀書，對於各類文體，或多或少有涉獵。久而久之，日積月累的蘊藏熟稔於胸中，等到搦筆和墨，創作小說時，不管是刻意的模仿，或是水到渠成的運用，總之，各類文體很自然的流露於作者筆端。

（一）受史傳論贊體的影響

小說自古以來常被視為正史之外的野史。故其無論在名稱上、故事內容、創作精神、表現技巧各方面，多受史傳的影響。而在體式上，史傳影響小說頗大的是史官在篇末所附的評議論贊。

蓋史傳的體例，於一篇文章之末，撰史者皆總歸人物的一生事蹟或事件的源流本末，或短或長的下一番評語，如《左傳》的「君子曰」；《史記》的「太史公曰」；《漢書》、《後漢書》的「贊曰」；《三國志》的「評曰」；《魏書》、《晉書》的「史臣曰」……等等。

小說作者既然熟悉史傳的論贊體式，故效此法，於敘述人物及故事之後，在篇末發表一段評議論贊，如〈謝小娥傳〉：

> 君子曰：誓志不捨，復父夫之仇，節也；傭保雜處，不
> 知女人，貞也。女人之行，唯貞與節能終始全之而已。
> 如小娥，足以儆天下逆道亂常之心；足以觀天下貞夫孝

婦之節。

〈南柯太守傳〉：

> 前華州參軍李肇贊曰：貴極祿位，權傾國都，達人視此，
> 蟻聚何殊？

而白話小說如《龍圖公案・獅兒巷》篇末論云：

> 包公此舉，殺一國舅，而一家之奇冤得申；赦一國舅，
> 而天下之罪囚皆釋。真能以迅雷沛甘霖之澤也。

以上皆是以散文體的議論方式，作爲小說的評議論贊。此外如：
《警世通言・崔待詔生死冤家》的篇末，則以一首九言詩作爲整
篇小說的總評：

> 咸安王捺不住烈火性，郭排軍禁不住閒磕牙；
> 璩秀娘捨不得生眷屬，崔待詔撇不脫鬼冤家。

　《金瓶梅》的最末一回，亦以一首七律歸結全書人物而下
總評：

> 閑閱遺書思惘然，誰思天道有循環！
> 西門豪橫難存嗣，經濟顛狂定被殲！

　　樓月良善終有壽，瓶梅淫佚早歸泉。

　　可惜金蓮遭惡報，遺臭千年作話傳！

此類評論文字，有以議論體爲之、贊體爲之、甚至詩、詞爲之。但無論形式如何，論其基本的體式與精神，很明顯的是受到史傳論贊的影響。皆是在一篇之末，總歸前事，以下斷語。至於小說作者時常將故事正文暫停，發表一段議論之後，再接續前文。此評議方式受史傳論贊的影響較少，下文將有詳論。

（二）受傳統引詩論證、賦詩明志的影響

　　小說中人物在言談對話中常直接引用詩詞，用以傳情達意或加強議論；而作者在敘述事件之後，亦常用「詩曰」、「詞曰」、「有詩爲證」、「後人詩云」、「正是」……等體式引述或自創詩詞以作評論。以上二種體事在小說中可謂觸目皆是，造成詩、詞大量充斥於小說中。推勘其淵源，與傳統的「引詩論證」、「賦詩明志」有頗深的關聯。

　　蓋《詩經》除了可以「興」、「觀」、「群」、「怨」，有助於性情的陶養；及「邇之事父」、「遠之事君」的倫理實踐之外；尚有「多識草木鳥獸之名」的博學強識；及「授之以政」、「使於四方」等應用於政治外交上的實用價值。

　　《詩經》既有以上多種實用價值，故引詩論證，成爲一種習尚，實例屢見於古籍之中，如：

　　衣敝縕袍，與衣狐貉者立，而不恥者，其由也與！「不

伎不求,何用不臧。」子路終身誦之。(《論語·子罕篇》)

故以孝事君則忠,以敬事長則順,忠順不失,以事其上,
然後能保其祿位,而守其祭祀,蓋士之孝也。《詩》云:
「夙興夜寐,無忝爾所生。」(《孝經·士章》)

姑嘗本原先王之所書,〈大雅〉之所道,曰:「無言而
不讎,無德而不報。投我以桃,報之以李。」及此言愛
人者必見愛也,而惡人者必見惡也。(《墨子·兼愛下》)

(孟子)對曰:「昔者文王之治岐也,……老而無妻曰
鰥,老而無夫曰寡,老而無子曰獨,幼兒無父曰孤。此
四者,天下之窮民而無告者也。文王發政施仁,必先斯
四者。《詩》云:『哿以富人,哀此煢獨。』」(《孟子·
梁惠王下》)

小人反是:致亂而惡人之非己也,致不肖而欲人之賢己
也;心如虎狼,行如禽獸,而又惡人之賊己也。諂諛者
親,諫爭者疏,修正為笑,至忠為賊。雖欲無滅亡,得
乎哉!《詩》曰:「噏噏呰呰,亦孔之哀。謀之其臧,
則具是違;謀之不臧,則具是依。」此之謂也。(《荀子·
修身篇》)

獨居思仁,公言言義,其聞之詩也。一日三復「白圭之

玭」，是南宮縚之行也。孔子信其仁，以爲異姓。（《大
戴禮·衛將軍文子》）

其在朝廷，則道仁聖禮義之序；燕處，則聽雅頌之音；
行步，則有佩環之聲；升車，則有鸞和之音。居處有禮，
進退有度，百官得其宜，萬事得其序。《詩》云：「淑
人君子，其儀不忒；其儀不忒，正是四國。」此之謂也。
（《禮記·經解》）

諸如此類斷章取義的引用詩句，本即不受詩篇的本旨原義所拘
限，運用的空間極其寬廣。且引用詩經的詩句作爲立論的根據，
不但可加重說服力；又可兼收文采典雅、易於記誦等成效。故此
種引詩論證的風氣相延不輟。影響及於小說頗大。茲舉數例觀之：
《搜神記》卷六

魏黃初元年，未央宮中，有鷹生燕巢中，口爪俱赤。至
青龍中，明帝爲凌霄閣，始構，有鵲巢其上。帝以問高
堂隆，對曰：「《詩》云：『惟鵲有巢，惟鳩居之。』
今興起宮室，而鵲來巢，此宮室未成，身不得居之象也。」

「惟鵲有巢，惟鳩居之」本是《詩經·召南·鵲巢篇》的詩句，
詩本義是祝賀嫁女之詩。而此處斷章取義，用來證明「宮室未成，
身不得居之象也。」的理論。
　　另：《三國演義》第一百二十回

> 朝廷聞吳已平，君臣皆賀上壽。……驃騎將軍孫秀退朝，
> 向南而哭曰：「昔討逆壯年，以一校尉創立基業；今孫
> 皓舉江南而棄之！『悠悠蒼天，此何人哉！』」

此處則是引用《詩經·王風·黍離篇》的詩句，來證明孫秀對孫皓毀棄祖業、亡國於晉的悲憤。

以上二例，與先秦典籍中引詩證事的方式可謂完全一致。

《詩經》四言詩之後，五、七言古詩、近體詩、詞、曲等韻文相繼發展，皆蔚為文壇大宗。故小說中「引詩論證」所引用的詩句，就不僅限於《詩經》，而大多以大眾耳熟能詳、入眼即懂的詩詞為主。且引用的方式更為自由，大都不限制引用同一首詩的詩句，甚至自創詩詞或以俗語、俚諺拼湊成上下聯對句即可。但萬變不離其宗，其基本精神仍是依循傳統以詩論證的方式。往往小說中人物在言談或撰文中，隨口、信筆引述，或自創詩詞，以加強論證的根據，如：

《警世通言》第十一卷〈蘇知縣羅衫再合〉：

> 李生起而觀之，乃是一首詞，名〈西江月〉，是說酒、
> 色、財、氣四件的短處。「酒是燒身硝焰，色為割肉鋼
> 刀，財多招忌損人苗，氣是無煙火藥。四件將來合就，
> 相當不欠分毫，勸君莫戀最為高，才是修身正道。」李
> 生看罷，笑道：「此詞未為確論，人生在世，酒、色、
> 財、氣四者脫離不得。若無酒，失了祭享宴會之禮；若
> 無色，絕了夫妻子孫人事；若無財，天子庶民皆沒用度；

　　若無氣，忠臣義士也盡委靡。我如今也作一詞與他解釋，有何不可。」當下磨得墨濃，蘸得筆飽，就在〈西江月〉背後，也帶草連眞，和他一首。「三杯能和萬事，一醉善解千愁，陰陽和順喜相求，孤寡須知絕後。財乃潤家之寶，氣爲造命之由，助人情性反爲仇，持論何多差謬！」

作者先引述他人之詞（其實可能作者自創之詞）來說明酒、色、財、氣四者的短處。再發表一番議論來推翻前說，指明酒、色、財、氣亦有不少長處。末了再以一首和詞來說明己說無誤。此例的引詩證事可謂轉折多變了。

　　至如《野叟曝言》第四十回：

　　素娥道：「塞外早寒，哪比得南中光景？古人云：『春風不渡玉門關，八月霜飛柳遍黃』大約此時已是寒冷不過。」

此例則是信手拼湊二句唐詩，用來引證塞外早寒的情狀罷了。

　　除了小說中人物對話時的引詩論證之外，作者在敘述事件後，常以「正是」、「有詩爲證」、「詩曰」、「詞曰」、「後人有詩云」……等方式，引用、拼湊或自創詩詞，作爲評述的依據，例如：《警世通言·白娘子永鎮雷峰塔》

　　說話的，只說西湖美景，仙人古跡，俺今日且說一個俊俏後生，只因遊翫遇著兩個婦人，直惹得幾處州城，閙

動了花街柳巷。有分教：才人把筆，編成一風流話本。
單說那子弟，姓甚名誰？遇著甚般樣婦人？惹出甚般樣
事？有詩爲證：
清明時節雨紛紛，路上行人欲斷魂。
借問酒家何處有，牧童遙指杏花村。

此是直接套用了杜牧的〈清明〉詩，作爲江南清明時節才子佳人
邂逅相戀的引證。又《警世通言‧杜十娘怒沉百寶箱》

捱至五更，忽聞江風大作。及曉，彤雲密布，狂雪飛舞。
怎見得？有詩爲證：
千江雲數滅，萬徑人蹤絕。
扁舟簑笠翁，獨釣寒江雪。

此則是改寫柳宗元膾炙人口的〈江雪〉一詩，用來引證江上狂雪
酷寒的景象。
　　又如《三國演義》第九回，王允以貂蟬離間董卓、呂布父
子。李儒奉勸董卓賜貂蟬予呂布，以消弭禍端：

卓變色曰：「汝之妻肯與呂布？貂蟬之事，再勿多言；
言則必斬！」李儒出，仰天歎曰：「吾等皆死於婦人之
手矣！」後人讀書至此，有詩歎之曰：「司徒妙算托紅
裙，不用干戈不用兵。三戰虎牢徒費力，凱歌卻奏鳳儀
亭。」

作者託言此詩乃後人有感而發，其實應是作者親筆所寫。至於《古今小說·蔣興哥重會珍珠衫》所引的辭句如：

> 有緣千里來相會，無緣對面不相逢。
>
> 欲求生受用，須下死功夫。
>
> 畫虎畫皮難畫骨，知人知面不知心。
>
> 夫妻本是同林鳥，大限來時各自飛。

以上證詞多是採擷俚語俗諺而來。

歷來古籍中「引詩論證」的傳統習尚，影響小說甚鉅之外。另一種應用《詩經》詩句——「賦詩明志」的方式，亦影響小說不少。

據《左傳》、《國語》所載，先秦許多外交場合中，與會的君臣使節，常賦詩明志，以《詩經》作爲彼此應答的辭令範本。所賦之詩，雖然有些可能是全詩，但賦詩者的本意，大部分是斷章取義，擷取詩中某些句子來「顯喻」或「隱喻」自己的心志而已❷。如《左傳》定公四年：

> 申包胥如秦乞師，秦哀公爲之賦〈無衣〉

---

❷ 詳見屈萬里先生〈先秦説詩的風尚和漢儒以詩教説詩的迁曲〉一文，發表於《新加坡南洋大學學報》第五期一九七一年。後收入羅聯添先生所編的《中國文學史論文選集》（台北·學生書局）第一冊中。屈先生指出：「用詩句作比喻，在先秦文獻中，也是常見的例子。比喻又分『顯喻』和『隱喻』兩類。」

〈秦風・無衣篇〉乃歌頌戰士同仇敵愾的袍澤之情，此處秦哀公賦〈無衣〉篇，則如杜預所注：「取其『王予興師，修我戈矛，與子同仇』；『與子偕作』；『與子同行』。」故秦興兵幫助申包胥擊吳救楚。

又如《左傳》襄公二十七年，齊・慶封聘魯，因無禮儀，且不熟《詩經》，「不能專對」而受辱之事：

> 叔孫與慶封食，不敬。爲賦〈相鼠〉，亦不知也。

按杜預注云：「〈相鼠〉，《詩・鄘風》。曰：『相鼠有皮，人而無儀，不死何爲！』慶封不知此詩爲己，言其闇甚。」

以上二例的賦詩明志，皆明暢易懂，可謂之「顯喻」，這種「顯喻」的運用詩句方式，影響及於小說，遂產生許多以詩詞諷刺代言或詩詞傳情達意的用法。例如《醒世恆言・金海陵縱欲亡身》，阿里虎新寡，海陵慕其美色，託人求婚於阿里虎之公公突葛速，遭拒絕後，遂以《詩經・新台》來中傷突葛速，諷刺其欲強佔寡媳的醜行❸。又如《紅樓夢》第二十六回：

> 二人正說話，只見紫鵑進來。寶玉笑道：『紫鵑，把你們的好茶沏碗我喝。』紫鵑道：『我們那裡有好的？要好的只好等襲人來。』黛玉道：『別理他。你先給我舀

---

❸　《詩經・邶風・新台》詩序云：「新台，刺衛宣公也，納伋之妻，作新台于河上而要之。國人惡之，而作是詩也。」

水去罷。』紫鵑道：『他是客，自然先舀好了茶來，再
去舀水去。』說著，倒茶去了。寶玉笑道：『好丫頭！
「若共你多情小姐同鴛帳，怎捨得叫你疊被鋪床？」』

寶玉引用《西廂記》的曲文，用來讚賞紫鵑的乖巧伶俐；並透露
自己對黛玉的情有獨鍾，願日後締結鴛盟。而唐人小說《鶯鶯傳》
的〈明月三五夜詩〉：

　　待月西廂下，迎風戶半開。拂牆花影動，疑是玉人來。

張生得此詩，「微喻其旨」，故在「既望之夕」、「梯其樹而踰
焉，達於西廂，則戶半開矣！」

　　以上第一例的以詩諷刺代言；第二、三例的以曲、詩傳情
達意，其象徵比喻都明白通暢，無甚曲折隱諱，與傳統賦詩明志
中的「顯喻」頗為相近。

　　然而傳統的「賦詩明志」，除「顯喻」之外，猶有「隱喻」，
如《左傳》襄公八年：

　　晉范宣子來聘，且拜公之辱；告將用師於鄭。公享之。
　　宣子賦〈摽有梅〉。季武子曰：「誰敢哉！今譬於草木，
　　寡君在君，君之臭味也。歡以承命，何時之有？」武子
　　賦〈角弓〉。賓將出，武子賦〈肜弓〉。宣子曰：「城
　　濮之役，我先君文公，獻功于衡雍，受肜弓于襄王，以
　　為子孫藏也，先君守官之嗣也，敢不承命！」君子以為

知禮。

賦〈摽有梅〉、〈角弓〉、〈彤弓〉等詩，究竟是何涵義？屈萬
里先生〈先秦說詩的風尚和漢儒以詩教說詩的迂曲〉文中有詳解：

> 這年的正月，魯襄公曾到晉國訪問；所以晉國派范宣子
> 來魯國報聘，「且拜公之辱」。另外，范宣子還有一個
> 重要使命，就是希望聯合魯國，共同伐鄭；所以他賦了
> 〈摽有梅〉這首詩。〈摽有梅〉是〈召南〉中的一篇，
> 詩的本義，似乎是諷刺起初擇偶太苛，以致到後來急於
> 求婚的女子。詩中有「求我庶士，迨其吉兮」；「求我
> 庶士，迨其今兮」「求我庶士，迨其謂之」等句。杜《注》
> 說：「詩人以興女色盛則有衰，眾士求之宜及其時；宣
> 子欲魯及時共討鄭，取其汲汲相赴。」季武子明白了范
> 宣子的意思，所以說：「誰敢哉！」說「歡以承命，何
> 時之有？」意思是說不敢耽誤時機，只要晉國需要魯國
> 出兵，隨便什麼時候都可以，魯國並不自己決定時間。
> 像這樣的賦詩，簡直和打啞謎一樣，如果不是絕頂聰明
> 的人，怎能猜得到這種隱喻呢？

這種曲折隱諱如打啞謎般的賦詩，用之於政治外交，可遮掩實情，
以達保密之效；用之於文學，則能文飾辭語，以收含蓄典麗之功；
並激發讀者一探究竟的好奇心。故後代小說中頗似「賦詩明志」
的「隱喻」之作頗多，如《搜神記》卷十一的〈韓憑妻〉故事：

　　宋康王舍人韓憑，娶妻何氏。美。康王奪之。憑怨，王
　　囚之，論爲城旦。妻密遺憑書，謬其辭曰：「其雨淫淫，
　　河大水深，日出當心。」既而王得其書，以示左右，左
　　右莫解其義。臣蘇賀對曰「其雨淫淫，言愁且思也；河
　　大水深，不得往來也；日出當心，心有死志也。」俄而
　　憑乃自殺。其妻乃陰腐其衣。王與之登台，妻遂自投台，
　　左右攬之，衣不中手而死。

蓋何氏以三句詩暗喻自己的愁苦思念，以及外在壓力的無法抗
拒；然而其心唯日可表，願殉情而死。賦詩明志的「隱喻」效果，
可謂淋漓盡致了。

（三）受傳統讖語、童謠、謎猜等影響

　　小說中「隱喻」的方式，不一定只以詩詞爲之，有時則以
讖語、童謠、謎語等方式出現。而自古以來讖語、謠諺等充斥載
籍之中，謎猜則流佈於民間。小說或多或少受其影響。

　　如《後漢書·光武帝本紀》載：「《讖記》曰：『劉秀發
兵捕不道，卯金修德爲天子。』」卯、金即指『劉』字，此讖語
乃是運用文字拆合方式，暗喻劉氏當爲天下主。

　　小說中文字拆合爲隱喻的亦爲數不少，如唐李公佐的《謝
小娥傳》載：謝小娥之父及夫爲盜所殺。小娥夢父謂曰：「殺我
者，車中猴，門東草」；又夢其夫謂曰：「殺我者，禾中走，一
日夫」。小娥廣求智者辨識此十二字，後李公佐釋云：

　　殺汝父是申蘭，殺汝夫是申春。且車中猴，車字去上下
　　各一畫，是申字；又申屬猴，故曰車中猴。草下有門，
　　門中有東，乃蘭字也。又，禾中走是穿田過，亦是申字
　　也；一日夫者，夫上更一畫，下有日，是春字也。殺汝
　　父是申蘭，殺汝夫是申春，足可明矣。

另古人觀念中，童謠多寓家國之興衰、政治之隆污且可預知未來，
如《左傳》僖公五年載晉侯圍攻上陽，問卜偃後果將如何，卜偃
曰：

　　童謠云：「丙子之晨，龍尾伏辰，取虢之旂。鶉之賁賁，
　　天策焞焞，火中成軍，虢公其奔。」

卜偃引述並分析此童謠，斷定多十二月丙子朔，晉將滅虢國，虢
公奔亡。後來果應其預言。
　　小說中以謠言寓意者，如《搜神記》卷六：

　　靈帝之末，京師謠言曰：「侯非侯，王非王，千乘萬騎
　　上北邙。」到中平六年，史侯登躡至尊，獻帝未有爵號，
　　為中常侍段珪等所執，公卿百僚，皆隨其後，到河上，
　　乃得還。

《三國演義》第六回，李儒勸董卓云：

> 溫侯新拜，兵無戰心。不若引兵回洛陽，遷帝於長安，
> 以應童謠。近日街市童謠曰：『西頭一個漢，東頭一個
> 漢。鹿走入長安，方可無斯難。』臣思此言，『西頭
> 一個漢』，乃應高祖旺於西都長安，傳一十二帝；『東頭
> 一個漢』，乃應光武旺於東都洛陽，今亦傳一十二帝。
> 天運合回，丞相遷回長安，方可無虞。

董卓果然為了應此童謠而引兵返洛陽，遷獻帝於長安，從此挾天
子以令諸侯。

以上第一例，靈帝時京師所傳謠言的故事，其本是載於《續
漢書・五行志》中。蓋《搜神記》之類的筆記小說以傳述雜聞逸
事為主，故讖語、童謠之類的記載極多，且往往有本事可考。然
而第二例《三國演義》的童謠，則恐是作者刻意營造的情節，用
來加強小說的戲劇效果。

謎猜自古以來即是一般大眾喜好的文字遊戲，文人雅士亦
多醉心於此，如六朝名詩人鮑照，就曾親撰〈字謎詩〉數首，如：

> 二形一體，四支八頭，四八一八，飛泉仰流。
> 頭如刀、尾如鉤，中央橫廣，四角六抽，右面負刃，左
> 邊雙屬牛。
> 乾之一九，雙立無偶，坤之二六，宛然三宿。

每首〈字謎詩〉下，鮑照都標出解答。第一首答案是「井」字；
第二首答案是「龜」字；第三首答案是「土」字。

謎猜既是民間流行的文字遊戲，文人亦熱衷此道，故小說作者取之以入作品中，亦是自然且討喜的事。如《玄怪錄·元無有》一篇載元無有夜見四人吟詠，其一衣冠長人吟：「齊紈魯紈如霜雪，寥亮高聲予所發。」其二黑衣冠短陋人，詩曰：「嘉賓良會清夜時，煌煌燈燭我能持。」其三故弊黃衣冠人，亦短陋，詩曰：「清冷之泉候朝汲，桑綆相牽常出入。」其四故黑衣冠人，詩曰：「爨薪貯泉相煎熬，充他口腹我為勞。」等天明後，元無有見堂中唯有故杵、燈台、水桶、破罌四物。乃知四人，及此四物之化身。

（四）受傳統講唱文體的影響

古典小說行文中夾雜詩歌、詞曲，在文末附贊語等形式，除了上述的種種因素所影響之外，其與民間流行的講唱文體亦有相當密切的關係。

蓋六朝時大譯佛經。口宣為俗講，手寫為變文；俗講見之於文字即為變文；而變文的現場演出則稱俗講。此種講唱文體，乃是以散文或駢文講，以韻文唱。其韻散結合的方式有三：

(1)韻散重疊，如：〈漢將王陵變〉、〈張淮深變文〉、〈降魔變文〉等。

(2)韻散相成，如：〈王昭君變文〉、〈張義潮變文〉、〈歡喜國王緣〉等。

(2)韻散相生，如：〈太子成道經〉、〈伍子胥變文〉等❹。

---

❹ 詳見曾永義先生〈關於變文的題名、結構和淵源〉，收錄於《說俗文學》（台北·聯經出版公司，1970年4月出版）

所謂韻散重疊者：即以散文部分供講述，以韻文部分重複歌唱散文部分的內容。韻散相成者：即以散文部分作引起，而以韻文部分詳細敍述，內容有部分重複者。韻散相生：則韻文、散文視需要而出現，彼此不重複。至於變文中的散文，有用駢偶體敍寫的，如〈八相變〉、〈降魔變文〉；有用淺近的文言敍寫的，如〈太子成道經〉、〈張淮深變文〉等；有用幼稚的白話文敍寫的，如〈伍子胥變文〉、〈舜子變〉等。

〈遊仙窟〉的體式，在唐人小說中極為特別，通篇以駢儷文寫作，先有動作的描寫，再加入一些詩歌；邊寫動作邊有詩。似是「韻散相成」、「韻散相生」二式的總合體。〈鶯鶯傳〉也有些許雷同之處，故知唐人小說的文體與變文的關係應是很密切的。

變文、俗講中以散文講；以韻文唱的方式，影響唐以後的小說更鉅。宋代話本，起初是說話人講唱故事的底本，經人潤飾而成。稍後文人創作的「擬話本」小說，仍是依循話本的體式。而元、明、清章回小說行文中大量夾雜詩、詞、歌、賦、贊語等，亦是承襲其一貫的影響所致。

二、現實環境供需要求所刺激

宿學積習的影響，讓作者「前有所本」的「自然流露」或「刻意為之」的使小說「文備眾體」。此外，現實環境的供需要求，也是促成小說常文備眾體的一大誘因：

（一）以小說干名求祿

六朝小說，錄奇志怪、談玄述異，其中不少作者的目的，是在炫才揚己，自神其術，以博得帝王公卿的崇奉資助，達成長生久視或飛黃騰達的宿願❺。故筆記小說中，侈言靈異之象，於是讖詩、隱語、童謠、禪偈等層出無窮。

至唐代，「溫卷」之風勃興。宋趙彥衛《雲麓漫鈔》：

> 唐之舉人，先藉當世顯人以姓名達之主司，然後以所業投獻，踰數日又投，謂之溫卷。如幽怪錄、傳奇等皆是也。蓋此等文備眾體，可以見史才、詩筆、議論。

小說既是科舉的試金石、功名利祿的敲門磚。故文備眾體乃成必然。因作者可藉小說篇末的評議論贊，來表現其「史評」、「史識」，可藉詩、詞、歌、賦等來展示其文采風流。因此文備眾體的小說體式，既可讓作者淋漓盡致的馳騁才華，而主司舉業的考官們，閱讀眾體兼備的傳奇小說，也較不枯燥乏味，對創作者的印象也會較為深刻。在供需雙方兩蒙其利的情況下，此道遂盛行不衰了。❻

---

❺　詳參王國良先生《魏晉南北朝志怪小說研究》（台北·文史哲出版社）上篇第三、四章。

❻　馮永基先生著〈論雲麓漫鈔所述傳奇與行卷之關係〉，羅聯添先生著〈唐代文學史兩個問題之探討〉二文皆批駁唐人小說與行卷的風氣有關之說，收錄於學生書局出版《中國文學史論文選集》第三冊。（1979年3月初版）。但唐朝既有行卷之風，小說既具備諸體，則被用來作為仕途的敲門磚，並非不可能。

（二）小說肩負道德感化、知識教育的功效

小說流佈於各階層，在教育未普及的前代，除了娛樂世人耳目之外，實兼具道德感化、知識教育二大功效。如：桓譚云：

> 小說家合殘叢小語、近取譬喻，以作短書，治身理家有可觀之辭。（李善注《文選》三十一引《新論》）

蘇軾謂：

> 王彭嘗云：『塗巷中小兒薄劣，其家所厭苦，輒與錢，令聚坐聽說古話。至說三國事，聞劉玄德敗，頻蹙眉，有出涕者；聞曹操敗，即喜唱快。以是之君子小人之澤，百世不斬』（《東坡志林》）

據此，上至治身理家；下至打發、感化薄劣小兒。小說皆扮演著潛移默化的重要角色。至如綠天館主人在《古今小說》（即《喻世明言》）的〈序〉中所言：

> 試令說話人當場描寫，可喜可愕，可悲可泣，可歌可舞；再欲捉刀，再欲下拜，再欲決脰，再欲捐金；怯者勇、淫者貞、薄者敦、頑鈍者汗下。雖日誦《孝經》、《論語》，其感人之深未必如是之捷且深。

又如：萬曆間李卓吾《忠義水滸傳・序》曰：

> 故有國者不可以不讀；一讀此傳，則忠義不在《水滸》，
> 而皆在於君側矣。賢宰相不可以不讀；一讀此傳，則忠
> 義不在《水滸》，而皆在於朝廷矣。兵部掌軍國之樞，
> 督府專閫外之寄，是又不可以不讀也；苟一日而讀此傳，
> 則忠義不在《水滸》，而皆爲干城心腹之選矣。否則，
> 不在朝廷，不在君側，不在干城心腹。烏乎在？在《水
> 滸》。

是皆指明小說是最理想、最直接的教化工具，上至公侯將相；下
至販夫走卒，無不受其感召激勵，其效果乃超越須正襟危坐、抗
顏說教的正統經典。

正因小說肩負道德感化及知識教育的雙重使命，故話本、
擬話本及章回小說等作者，在創作時，不只在篇末附上評議論贊，
來指諷事件的是非、人心的善惡、報應的不爽等等；又在行文中，
引用詩、詞、格言、俚諺等，來論證道理，告誡讀者；甚至頻頻
將故事情節暫時中斷，作者現身說教一番，穿插了一大段評論。
其目的大都是在落實小說教化人心的功能。

此外，詩、詞、歌、賦、詔誥、奏章、酒令、對聯、謎猜、
偈語……等各類文體充斥小說之中，亦兼有講習示範的作用，讓
讀者在閱讀小說的過程中，順便學習各類文體，充實知識，加強
寫作能力。以《三國演義》爲例。數百年來，是人或以此書作爲
立身處事的倫理教科書，或作爲練習作文的範本，其對大眾的影

響力，絕不膛乎《論語》、《孝經》之後。

另《野叟曝言》的作者夏敬渠，在第七十八回內容中，假借主角文素臣之口，發表了一篇「論陳壽《三國志》帝魏不帝蜀」的史論。舉證二十四條，洋洋洒洒四千字，頗為驚人。據《蘇州志》載：光緒壬寅，蘇州科考，主試者李殿林，古學題為「陳壽志三國不帝蜀論」。有某生者，即以《野叟曝言》書中「主代帝、俎代崩，暗尊昭烈」一回（按：即第七十八回）論之。獲第一，是歲即貢成均。小說中的議論文字，能助人獵取功名，此豈是人始料所及？

然而無論如何，小說作者在創作時，或強或弱，或顯或隱，大都有藉小說感化，教育讀者的使命感。而讀者在閱讀小說時，或多或少也想在娛樂消遣之餘，順便獲取道德教誨、知識充實的實際效益。故在雙方的供需要求刺激下，古典小說如何能不文備眾體？

三、小説內容取材的特殊性所造成

古典小說的內容，在取材及創作態度上往往是採用「實錄」的方式。不管人物、事件是真實的或虛擬的，作者大都會費盡心思及筆墨，將情節巨細靡遺的呈現出來，以徵信於讀者，加強文學的感染力。如欲描寫郭璞的精於卜筮預言，怎能不引用或代創一些卜詞來證明其超能力？《搜神記》卷三載：

> 揚州別駕顧球姊，生十年便病。至年五十餘，令郭璞筮。

得「大過」之「升」。其辭曰：「大過卦者義不嘉，冢
墓枯腸無英華。振動遊魂見龍車，身被重累嬰妖邪。法
由斬祀殺靈蛇，非己之咎先人瑕。案卦論之可奈何？」
球乃跡訪其家事，先世曾伐大樹，得大蛇殺之，女便病。
病後，有群鳥數千，迴翔屋上。人皆怪之，不知何故。
有縣農行過舍邊，仰視，見龍牽車。五色晃爛，其大非
常。有頃遂滅。

《三國演義》第四十八回中，欲寫曹操的文武雙全，如何
能不引用其千古名作《短歌行》？

　　對酒當歌，人生幾何？譬如朝露，去日苦多。
　　慨當以慷，憂思難忘，何以解憂，惟有杜康。
　　青青子衿，悠悠我心。但為君故，沈吟至今。
　　呦呦鹿鳴，食野之苹，我有嘉賓，鼓瑟吹笙。
　　皎皎如月，何時可輟？憂從中來，不可斷絕。
　　越陌度阡，枉用相存。契闊談讌，心念舊恩。
　　月明星稀，烏鵲南飛，遶樹三匝，無枝可依。
　　山不厭高，水不厭深。周公吐哺，天下歸心。

　　講史小說中，欲描寫風雲詭譎、瞬息萬變的政治、軍事、
外交，於是內容便滿佈詔命、誥辭、軍檄、奏章等應用文書。而
現實生活中文人雅士的結社興會、傳詩寄柬、聯吟抒懷、拆字射
謎等，又使人情小說充斥詩、詞、曲、賦、酒令、謎猜等等。故

小說內容取材的「實錄」方式，使「文備眾體」應運而生矣！

四、作者的炫耀才學

宿學積習的影響；現實環境供需的要求；及內容取材的特殊性，是造成小說文備眾體的客觀因素。若論其主觀因素，則是作者本身的炫耀才學。

基本上，從事文學創作的人，大都是不願「美玉蘊櫝而藏之」，寧願「求善賈而沽之」的人。這種不干蟄伏，欲有所作為的心態，正是創作的動力、泉源。而小說在客觀因素上所具備「文備眾體」的優良條件。讓作者頗能「遂其所願」的將一生才學在小說中噴薄而出。因此創作一部小說，作者鍊就的詩、詞、歌、賦、議論……等十八般武藝，都可快意揮灑，展現並且保存於小說之中，不致亡佚，一舉數得，何樂不為？如此主、客觀因素的激盪下，「文備眾體」的小說體式，便更蓬勃興旺了。

同是炫耀才學，技巧高妙的作者，卻能將這種「機心」加以包裝掩飾，利用故事的轉折、情節的設造，人物的描述等方式，水到渠成的讓詩、詞、曲、賦、議論……等各類文體自然出現於小說中，而且藝術成績斐然可觀。如楊慎《升庵詩話》即讚美唐人小說中的詩：「大有絕妙古今，一字千金者」。葉夢得《石林詩話》云：「『開簾風動竹，疑是玉人來。』與『徘徊花上月，空度可憐宵。』此兩聯雖見唐人小說中，其實佳句也。」

但是缺乏此高妙技巧的小說作者，往往弄巧成拙的將詩、詞、曲、賦、議論……等窮篇累牘的堆砌於小說中，令人望之興

味索然。如《野叟曝言》在一百三十九、一百四十回中，連續舖排十二首五絕、五十六首七絕、五十九首長短句、七言歌行二首、七古一首、風謠三十六首及四言詩二十四首。總計一百九十首之多。夏敬渠能一氣完成近二百首的詩詞，其精力固然令人折服，但量多未必代表質勝，試觀此近二百首詩詞，幾乎全是歌功頌德、低俗粗糙且了無詩趣之作，除令讀者厭煩之外，實別無是處。同樣的，李昌祺的《剪燈餘話・月夜彈琴記》，在小小的短篇中，竟舖敘與情節發展關係不大的七律三十首，這種炫才技倆實在不甚高明。

　　至於清末的狹邪小說或民初的鴛鴦蝴蝶派小說作者，在炫耀才學的做法上往往變本加厲了，幾乎把「小說」當作刊錄個人創作的「詩詞集」看待，抹煞了小說的特色及功能。如《花月痕》的作者魏秀仁，傳說早歲極負文名，晚年時「唯時念及早歲所為詩詞，不忍割棄，乃託名『眠鶴主人』，成《花月痕》說部十六卷。以前所作詩詞，盡行填入，流傳世間，即今所傳本也」（孔另境《中國小說史料》引《小奢摩館奢錄》）。此記載雖乏旁證。但魯迅《中國小說史略》評其：「詩詞簡啓，充塞書間，文飾既繁，情致轉晦。」確實是這部小說的「特色」。

　　民初徐枕亞的《玉梨魂》、《雪鴻淚史》更是大量引錄詩詞。徐枕亞在《斷碎文章・吟剩自序》中自道：「弱冠時，積詩已八百餘首」。《枕亞浪墨》中收錄其「枕霞閣詩草」五十三題、「蕩魂詞」三十首、「庚戌秋詞」十七首。此一百首詩詞，首首風格皆是穠麗哀艷，與《玉梨魂》中男女主角的酬答唱和詩詞完全一樣。故焉知徐枕亞不是暗中以小說來保存其詩詞舊作？《雪

鴻淚史》比起《玉梨魂》「詩詞書札增加十之五六」，共引錄詩詞二百餘首，其中第四章只綴以數語記事，其餘都是詩詞酬答，如此的炫耀才學，幾乎可謂走火入魔了。

結　語

　　綜合以上所述，古典小說文備眾體的形成原因。客觀方面是宿學積習所影響而導致。如小說作者在篇末所附的評議論贊，主要是受史傳論贊體的影響。小說中角色的引述詩詞，用以加強議論或傳情達意；而作者以「詩曰」、「詞曰」、「正是」、「有詩爲證」等方式引述或自創詩詞強化論證，二者多受傳統「引詩證事」、「賦詩明志」所影響。自古以來讖語、童謠充斥書籍之中，謎猜流佈於民間，小說受其影響，亦頗多此類文體。另變文、俗講等以散文講以韻文唱的講唱方式，影響話本、擬話本及章回小說，使其行文中大量夾雜詩、詞、歌、賦、贊語等。此外現實環境中，作者以小說干名求祿或以小說推廣道德教化、知識傳播等，亦是造成小說文備眾體的一大成因。而小說內容取材的「實錄」態度，亦是推波助瀾的因素。至於作者藉小說來炫耀才學，則是小說何以文備眾體的主觀，且最重要的因素了。

由秦可卿的疾與歿論《紅樓夢》作者的醫學才識及寫作技巧

前　言

　　歷來讀書人在鑽研經史百家之餘，往往兼涉歧黃醫術，小則治病強身，大則濟世救人。如杜甫在四川草堂時。即「種藥扶衰病」；又足跡遍山野的「採藥山北谷」、「洗藥浣花溪」。蘇東坡任知杭州時，曾以藥劑救活疫民無數；又籌設「病坊」，為我國公營醫院之始❶。而陸游詩云：「肩輿每帶藥囊行，村巷歡欣夾道迎。共說向來曾活我，生兒多以陸為名。」（〈山村經行因施藥〉二首之一）更可看出其醫術醫德的崇高。至如劉禹錫曾廣求民間藥方，編成《傳信方》一書。甚至貴為九五之尊的宋徽宗，除詩、詞、繪畫、書法有名於世之外，又曾撰寫《聖濟經》，以

---

❶　《宋史・蘇軾本傳》：「（哲宗元祐三年），既至杭，大旱，飢疫並作。……多作饘粥藥劑，遣使挾醫分坊治病，活者甚眾。軾曰：『水陸之會，疫死比他處常多』，乃裒羨得二千，復發橐中黃金五十兩，以作病坊。」

發明《黃帝內經》之妙❷。至於小說作者，大都爲博學廣聞之人，醫、卜、星、算，往往精通。既嫻熟於醫學，故作品中常有意、無意地展現此方面的才華。如《西遊記》第六十八回「孫行者施爲三折肱」，強調「四診合參」的重要❸。《鏡花緣》中記錄了「人馬平安散」的處方❹。蒲松齡運用其生花妙筆，以生、旦、淨、末、丑等角色，將藥物人性化，而編寫了《草木傳》。而《野叟曝言》作者夏敬渠更是窮篇累牘的大談醫理❺。諸如此類，不遑枚舉。

六十餘年來，《紅樓夢》已蔚爲顯赫的「紅學」，雖然作者、版本、及創作本旨等各大問題，仍眾說紛紜，但基本上無人

---

❷ 〈聖濟總錄序〉：「……萬機之餘，著書四十二章，發明《內經》之妙，曰《聖濟經》。」

❸ 《西遊記》六十八回，悟空在朱紫國爲國王診病，說道：「醫門理法至微玄，大要心中有轉旋。望聞問切四般事，缺一之時不齊全。第一望他神氣色，枯肥瘦起和眠。第二聞聲清與濁，聽他眞語及狂言。三問病源經幾日，如何飲食怎生便。四才切脈明經絡，浮沉表裏是何般？我不望聞並問切，今生莫想得安然。」

❹ 「人馬平安散」之處方爲：

西牛黃（四分）　鍛石膏（二兩）　大赤金箔（十張）
冰片（六分）　　麝香（六分）　　蟾酥（一錢）
火硝（三錢）　　滑石（四錢）

❺ 《野叟曝言》中，論及醫理的重要回目有：十七回「天泉破腹、通儒箋釋歧黃」；十九回「怪醫方、燈下撕衣驚痘出」；八十七回「五日抱兩皇子醫法通神」；八十八回「醫怪病青面消磨」；九十一回「苗婆開水安息回生老命」；九十二回「扮醫生有心除毒」；九十三回「療奇瘋藥婆認叔」。九十四回「治香以臭、別開土老之奇語」……等。

反對此書在小說史上卓越的地位，及不凡的成就。《紅樓夢》內容中述及病症、醫理之處甚多，在藝術架構上是否合情入理？是否生吞活剝的炫耀作者才學？以致於有駁雜之弊？又書中所述的醫學，是否切合醫書、醫理等？頗值得探討。本文即針對《紅樓夢》中，頗受爭議的人物——秦可卿的疾病與死亡，來研究作者的文醫學才識及學技巧。

一、旁描側寫秦可卿之疾病

在保守的時代，要由諱疾忌醫的婦女傾吐病況是極困難的，何況是賈府嫡系重孫的少奶奶——秦可卿；又何況其症狀是月信不調、頭暈目眩等幾近婦科之病。故《紅樓夢》作者在此大費周章，以旁描側寫的工夫，迂迴曲折的由秦氏身邊的女性親人道出病症。

作者先在第九回中，以極精采的筆墨，描述了賈寶玉和可卿之弟秦鍾之間，若有若無的曖昧情愫；及學堂中眾頑童砸碗丟硯的打鬥場面。第十回中，再由自覺受委屈的金榮，向母親胡氏抱怨，胡氏向小姑金氏告狀，金氏裝腔作勢地欲找秦可卿理論等事，作為「穿針引線」的情節；再因可卿臥病，婆婆尤氏會見金氏，道出秦可卿的表面症候。

雖是「穿針引線」，但絕非閒筆。作者不但水到渠成地轉移了內容敘述重心；又纖毫畢現地刻畫出賈寶玉追求唯美的個性，及同性間情欲的糾葛；而金氏見人說人話，見鬼說鬼話的虛偽、勢利，亦入木三分。故在文學技巧上，可謂有「一箭數鵰」

的成就。

第十回❻婆婆尤氏所述秦可卿的病狀是：

> 他這些日子，不知是怎麼著？經期有兩個多月沒來。叫
> 大夫瞧了，又說不是喜。那兩日，到了下半天就懶怠動，
> 話也懶怠說，眼也發眩。

可見家人眼中，可卿的病是月事延遲，頭昏眼眩，精神怠懶。究
不知是疾病或害喜？此雖是作者初步極簡略的概述，但已切入秦
可卿生病的主題，且又符合了尤氏不懂醫理，只能空泛描述病情
的實況。緊接著，作者又假借尤氏之口，對可卿的發病原因，有
一段極重要暗示：

> 那媳婦的（指可卿），雖說見了人有說有笑，會行事兒。
> 他可細心又心重，不拘聽見個什麼話兒，都要度量個三
> 日并五夜才罷。這個病就是打這個秉性上頭思慮出來的。

《紅樓夢》作者讓尤氏講這些話，表面上是讓「金氏聽了這半日
話，把方才在他嫂子家的那一團要向秦氏論理盛氣，早嚇的丟在
爪窪國去了。」但是主要仍在於暗示可卿的致病起因，是「聽見

❻ 本篇論文所引的《紅樓夢》原文，若無特別說明，則皆引自一百二十
回手抄本《紅樓夢》。中國文化大學中文研究所印行，一九八三初版，
書名《校定本紅樓夢》

個什麼話」。而這「什麼話兒」到底是什麼呢？應該就是焦大當著寧府她婆婆、丈夫、眾下人，及榮府過來的鳳姐、寶玉面前所罵的那兩句「爬灰的爬灰，養小叔子的養小叔」的狠話。

因第七回，秋盡冬初時❼，鳳姐攜著寶玉應尤氏之邀，來到寧府散心，並且會見秦鍾。而最重要的是，當老僕焦大被指派送秦鍾回家時，卻趁著酒興撒野亂罵，被拖往馬圈時，竟當著眾人，罵出了石破天驚的兩句話：「爬灰的爬灰，養小叔子的養小叔」。秦可卿當時與尤氏送鳳姐、寶玉至大廳，而焦大就在丹墀下開罵。「爬灰的爬灰」等話，連賈蓉及上了車的鳳姐、寶玉，都「遙遙的聞得」了，何況是在大廳相送的秦可卿！因此，焦大開罵事件，追述第五回秦可卿與賈寶玉在太虛幻境中，撲朔迷離的情緣；同時又揭曉了秦可卿與其公公賈珍的亂倫姦情。

是故出身「養生堂」，長於破落貧戶，偏又嫁入豪門；心性好強，力求待人處事面面周全的秦可卿（詳見本文「淫喪天香樓的伏線與照映」一節），面對如此嚴重又不堪的局面，如何能不憂心忡忡呢？故作者暗示可卿「聽見個什麼話兒」，遂憂慮成疾，乃肇端於此。

然而冰凍三尺，非一日之寒。可卿心虛火旺、肝火上亢、脾土耗弱的病癥，絕非一、二日便可成形外露，使人察覺，故作者在第十一回中，藉可卿的公婆與邢夫人、王夫人的談話，表面

---

❼　時序的推算，乃跟據第六回有：「因這年秋盡冬初，天氣冷將上來，家中冬事未辦。」故狗兒心煩喝悶酒，劉姥姥勸慰之事。次日劉姥姥即初進大觀園見鳳姐，又次日，鳳姐攜寶玉至寧府會秦鍾。

上補述了家人對可卿病情的觀察概述；但實際上是暗示了「積憂成疾」的時間，及病況的發展：

> 王夫人説：「前日聽見你大妹妹説，蓉哥媳婦身上有些不大好，到底是怎麼樣？」尤氏道：「他這個病得的也奇，上月中秋還跟著老太太、太太玩了半夜，回家來好好的。到了二十日以後，一日比一日覺懶了，又懶得吃東西，這將近有半個多月。經期又有兩個月沒來。」邢夫人接著説道：「莫是喜罷！」

由上可知，可卿的病情明顯到讓尤氏察覺時，是在八月二十日之後，而尤氏説這些話的日期是在九月半❽，上距去年秋盡冬初焦大開罵時，已接近一年。心思焦慮、肝傷脾弱等病狀，果然都已顯現。據此也可以了解，九月十四日❾張太醫為可卿診病時，何以會説：「人病到這個地位，非一朝一夕的病候了」。

秦可卿「積憂」的原委，「成疾」的時間，「發病」的日期等等，作者都已從隱處點出，但畢竟幽微不顯。於是再由張太醫的診病，鳳姐的探病等情節，迂迴婉轉地推展故事，加以補充。

第十回「張太醫論病細窮源」，有作者的巧思妙筆在。先是張太醫名為「張友士」，「張友士」無乃「張揚有事」乎❿？

---

❽ 當日是賈敬壽誕，而鳳姐探病時又説：「如今才九月半」。
❾ 賈敬生日的前一天，張太醫為可卿診病（第十回）
❿ 《紅樓夢》人名多有諧音、隱喻之用，如「甄英蓮」即「真應憐」；「嬌杏」即「僥倖」；「詹光」、「聘仁」即「沾光」、「騙人」。諸如此類，脂硯齋及前賢言之頗詳，故不贅述。

而回目云「細窮源」，則指明是細探窮查可卿的病源。但內容雖
是「細探窮查」，筆法卻依然是「旁描側寫」。

　　如賈珍本來叮嚀兒子賈蓉：「你可將他這些日子的病症，
細細的告訴他」，即由可卿的丈夫向張太醫訴說病情。然而若是
如此，則家人叨叨絮絮地描述病情，重複拖渣，必令讀者厭煩不
已。因此，當賈蓉要求張太醫：「請先生坐下，讓我把賤內的病
症說一說，再看脈如何？」，張太醫卻回拒了，反而說道：

> 依小弟意下，竟先看脈，再請教病源為是。我初造尊府，
> 本也不知什麼。……如今看了脈息，看小弟說的是不是，
> 再將這些日子的病勢講一講，大家斟酌一回方兒，可用
> 不可用，那時太爺定奪就是了。

由初造賈府的張太醫，跟據脈象來診斷病情，既可免去家人浮面
的描述，避開瑣碎，此是作者不俗的筆法；而診斷的結果，又明
白指出可卿確實是「憂慮太過」，日積月累而致病。此乃作者利
用「本也不知什麼」的賈府外人，再次暗示可卿之病「其來有自」。

　　至於張太醫診病下藥之後，可卿之病勢如何？作者透過和
可卿交情最深厚的鳳姐來描述：九月半時，鳳姐見可卿時，便「緊
行了兩步，拉住秦氏的手，說道：『我的奶奶！怎麼幾日不見，
就瘦得這樣了！』」（第十回）

　　同一回，臘月初二，鳳姐再度探望可卿，作者再藉鳳姐眼
中「看見秦氏的光景，雖未添病，但是那臉上、身上的肉都全瘦
盡了。」探完病，鳳姐竟然對尤氏說「這實在沒法兒了，你也該

將後事料理料理，沖一沖也好。」而尤氏竟然也「暗暗的預備了」後事，「只是那件東西（棺木），不得好木頭」而已。

作者不正面描述秦可卿的病情如何？仍是用旁描側寫的方式，激盪起玄疑的氣氛。令讀者懷疑、猜測，到底是張太醫的醫術不佳，無法挽救可卿的性命？抑或可卿眞的「無醫緣」？❶懸宕之中，筆勢卻嘎然而止，轉而敘述「王熙鳳毒設相思局」等情節去了。

總而觀之，從焦大的開罵開始，作者曲折迂迴地推展情節，慢慢地攢積醞釀第十三回「淫喪天香樓」的高潮。讓秦可卿「情既相逢必主淫」的「情可輕」本質；及「漫言不肖皆榮出，造釁開端實在寧」的賈府衰敗肇因等澎湃翻騰、駭人耳目的情節，全部埋伏隱藏在描輕寫淡的人物言行中。倘不仔細探究，便容易輕忽許多「微言大義」及關鍵要目。

二、精湛高明的醫術醫理

成功的小說家，必須讓筆下的每一位角色都恰如其份、栩栩如生。《紅樓夢》作者筆下的張友士，是否洽合其「學問最淵博，更兼醫理極精，且斷人生死。」（第十回）的太醫身份？是否善盡其診脈斷症及開方之職？兼而完成「張揚有事」的主要任

---

❶ 《紅樓夢》第十回：「賈蓉看了（藥方）說：『這高明的很。還要請教先生：這病與性命終究有妨無妨？』先生笑道：『大爺是長高明的人，人病到這個地位，非一朝一夕的病候了。吃了這藥，也要看醫緣了。』」

務？以上諸項均有賴作者，將自己的醫學才識，巧妙地灌注於張友士身上，方能達成所需。而相對的，吾人在閱讀《紅樓夢》時，便可藉張太醫的行醫，回溯研究作者的醫學造詣深淺如何？

《紅樓夢》作者的醫學才識如何？可從張太醫診病的時間、按脈的態度、引述的脈理、判斷的病情等根據醫書、醫理加以按核：

先是賈蓉派人拿自己的名帖去延請張太醫時，張太醫說：「……今日拜了一天的客，才回到家，此時精神疲頓不能支持，就是去到府上也不能看脈。須得調息一夜，明日務必到府。」而「次日午間」，張太醫果然來至賈府爲可卿診病。

據《醫宗金鑑》卷三《四診心法要訣》⑫載：

凡診病脈，平旦爲準

註：《經》曰：常以平旦，陰氣未動，陽氣未散，飲食未進，經脈未盛，絡脈調勻，血氣未亂，乃可診有過之脈。⑬

---

⑫ 《醫宗金鑑》乃和碩和親王弘晝等，奉勒纂修之醫書。乾隆七年十二月十五日奉表進呈。共九十卷，彙集歷代重要醫書，爲中醫之要籍。《四診心法要訣》收錄於《醫宗金鑑》卷三，乃根據《四言脈訣》刪定注釋而成。《四言脈訣》則是始自漢·張機《平脈法》，宋·崔嘉彥衍之，明·李時珍刪補。及李中梓又補其缺略，刪其差謬，復加注釋。最後再由清·吳謙刪補而成。

⑬ 《經》乃指《黃帝內經·素問》，此引言見《脈要精微論篇》第十七

即是診斷有病之脈，以清晨爲最佳時間。但是《紅樓夢》中張太醫是「午間」方至賈府行醫。此非作者不知「平旦診脈」的醫理。試想「侯門深似海」，像賈府這般鐘鳴鼎食的富貴人家，上上下下有多少主僕？若秦可卿患的是急症，危在旦夕，則「平旦診脈」尙情有可原。若非急症，又豈可在清晨之際唐突造問，使患者及家屬措手不及深感不便。故選在午間視病，乃是不得已且合情合理之舉。

《四診心法要訣》又載醫師爲患者診脈時應該要：

> 虛靜寧神，調息細審。
> 註：診脈有道，須虛靜爲寶，言無思無慮，以虛靜其心，惟神凝於指下也.調息細審者，言醫家調勻自己氣息，精細審察也。

即醫者診脈之時，需虛靜其心，調勻氣息，方可正確的按脈診病。故首日張太醫以自己拜客疲累，精神不能支持爲由，婉辭診病。經「調息一夜」之後，隔日方守諾前往。而《紅樓夢》王府本在此文下有脂硯齋的夾批云：

> 「醫生多是推三阻四，拿腔作調。」

可見脂硯齋恐怕是對醫生有成見，或者不明醫理了。又看病時，張太醫的態度是：

> 先生方伸手按在（秦可卿）右手脈上，調息了至數，凝神
> 細診了半刻工夫。換過左手，亦復如是。

可見張太醫的一舉手一投足，皆是中規中矩，與醫書所載的行醫
準則絲豪不爽。亦可推知《紅樓夢》作者對於醫術絕非門外漢；
且能將枯燥乏味的醫術記載，轉化爲人物角色具體有趣的言語及
動作，這也是令讀者心折的寫作技巧。

其次再看張太醫的診脈看病，是否切合醫書醫理？《紅樓
夢》第十回，張太醫診完脈之後，與賈蓉至他室而說道：

> 看得尊夫人脈息：左寸沉數，左關沉伏；右寸細而無力，
> 右關虛而無神。其左寸沉數者，乃心氣虛而生火；左關
> 沉伏者，乃肝家氣滯血虧。右寸細而無力者，乃肺經氣
> 分太虛；右關虛而無神者，乃脾土被肝木剋制。心氣虛
> 而生火者，應現今經期不調，夜間不寐。肝家血虧氣滯
> 者，應脅下痛脹，月信過期，心中發熱。肺經氣分太虛
> 者，頭目不時眩暈，寅卯之間必然自汗，如坐舟中。脾
> 土被肝木剋制者，必定不思飲食，精神倦怠，四肢酸軟。
> 據我看這脈，當有這些症候才對，或以這個的爲喜脈，則
> 小弟不敢聞命矣！

張太醫的診斷病情，果然較家人浮面的觀察深入許多，因此貼身
服侍秦可卿的婆子，也就是對可卿的起居飲食，身體狀況最清楚
的老婢女，立刻發出賀釆聲：

　　何嘗不是這樣呢？眞正先生說的如神，倒不用我們說的
　　了。如今我們家裏現有好幾位太醫老爺瞧著呢！都不能
　　說得這樣眞切。

　　可見張太醫醫術超群，所論斷的外在症狀與秦可卿之病絲毫
不差。而老婢女的贊美，亦是作者「旁描側寫」技巧的再度呈現。

　　張太醫從秦可卿的脈息「左右沉數」，斷其「心氣虛而生
火」，故「經期不調，夜間不寐」；「左關沉伏」即是「肝家氣
滯血虧」，故「脅下脹痛，月信過期，心中發熱」；「右寸細而
無力」乃「肺經氣分太虛」，故「頭目不時暈眩，寅卯間必然自
汗」；「右關虛而無神」者，則是「脾土被肝木剋制」，故「不
思飲食，精神倦怠，四肢發軟」。今據醫書，加以考核虛實：

　　何謂「寸」、「關」、「尺」，其脈位何在？所司內臟部
位爲何？《四診心法要訣》的〈訂正素問脈位圖〉有詳細標明：

中醫診脈部份，一般以雙手腕寸，關　尺三部來確定。橈骨莖突處爲關部，關前爲寸部，關後爲尺部。寸、關、尺與人體臟的配屬是：左手應心、肝、腎；右手應肺、胃脾、腎。

至於脈象的「沈」、「伏」、「遲」、「數」、「細」、「虛」究竟如何？反應何種病症？

《四診心法要訣》載：

> 一呼一吸，合爲一息，脈來四至，平和之則。……三至爲「遲」，遲則爲冷。六至爲「數」，數則熱症。
>
> 註曰：醫者調勻氣息，一呼脈再至，一吸脈再至，呼吸定息，脈來四至，乃和平之準則。……若一息而脈三至，即爲遲慢而不及矣，「遲」主冷病。若一息而脈遂六至，即爲急數而太過矣，「數」主熱病。

即是醫生在「虛靜凝神」的狀態下，調勻氣息，以一呼一吸爲準則，若患者脈跳動三次是「遲」，遲主冷症；若脈跳動六次以上則爲「數」，數主熱病。

何謂「沈」脈，左寸「沈且數」之脈象主何病症？《傷寒論》❶曰：

> 遲緩相博，名曰沈。

---

❶　《傷寒論》乃晉·王叔和取漢·張機《傷寒雜病論》之一部份編次而成。

而醫書**⑮**載：

> 脈象之沈者，在肌肉之下，筋骨之間，輕手不見，重按
> 方得，爲陰盛陽虛之候。脈之見此者，屬陰屬氣，屬水
> 屬寒，屬骨，爲停飲，爲癖，爲脅脹，爲厥逆，爲洞泄……
> 兼數則內熱重……在左寸者，主心內寒邪痛，胸脅寒飲
> 作痛……男爲精冷，女爲血結。

何謂「伏」脈？左關沈伏的脈象主何病症？據醫書記載：

> 伏者，脈行筋下也。按：伏脈之象，沈極而幾至於無，
> 按之須透筋著骨，使微覺隱現。脈象見此。非大寒即大
> 熱，一有誤治，生死反掌。見左關者：血冷，腰足痛，
> 脅下有有寒氣。……俱爲陰陽前伏，關格閉塞之候。

何謂「細」脈，細而無力的脈象主何病症？醫書載：

> 細者，脈沈而微軟也。其象微細如蠶絲，見此者多元氣
> 不足，力乏精少，內外俱冷……皆爲血冷氣虛之候，少

---

⑮ 以下引文，乃筆者根據《古今圖書集成醫部全錄》卷八十《醫部彙考·
脈法十》所錄之明·李時珍《脈學》，李中梓《診家正眼》，及卷八
十六《醫部彙考·脈法十六》所錄之清·喻昌《醫門法律》；及元·
滑壽《難經》綜合而成。以上諸書，醫理相通，只是詳略有別而已。
凡本文中引「醫書」者同此註。

年患之，春秋不利；老弱患之，秋冬可治。又憂勞過度者，
亦多見之。

何謂「虛」脈？關部虛而無神的脈象主何病症？醫書載：

> 虛者，脈象浮而遲大也，其象谿谿然空，不能自固。舉
> 按少力，爲血氣俱虛之候。主在內不足之症。……在關
> 者，腹脹食不易化。

綜合以上醫書的記載，「左寸」的脈象，主「心」的病變。
左寸沈而數，是患者左手寸脈之處的脈象低沉且急速，乃是心內
邪寒，內熱重所致。故張太醫診斷可卿是「心氣虛而生火」，反
映在身體的症狀是「經期不調、夜間不寐。」

「左關」的脈象，主「肝」的病變。左關沈而伏，是患者
左手關部的脈象低沉且微弱，須重按到透筋著骨的程度，始覺隱
現。乃身體陰陽之氣潛伏不調，閉塞壅滯所致，亦即肝臟氣滯血
虧，血行遲緩不暢通，故脈象沈伏而不出。因此，秦可卿是「肝
家氣滯血虧」，反應在身體的症狀是「脅下痛脹❶，月信過期，
心中發熱」。

「右寸」的脈象，主「肺」的病變。右寸細而無力，是患
者右手寸部的脈象微細軟弱如蠶絲，乃是肺部元氣不足，血冷氣

---

❶ 《素問·藏器法時論》曰：「肝病者，兩脅下痛。」按：中醫認爲脅
乃肝之分野，故肝病則脅痛。

虛所致。故張太醫診斷秦可卿是「肺經氣分太虛」，反映於身體的是「頭目不時眩暈」及「寅卯之間必然自汗」（詳下文）。

「右關」的脈象，主「脾、胃」的病變。右關虛而無神是患者右手關部的脈象虛浮而遲大。乃是血氣俱虛所致，亦即脾胃虛弱、腹脹、不易消化。五行中，肝屬木、脾屬土，因可卿有「肝家氣滯血虧」之病，故「脾土被肝木克制」，反映在身體的症狀是不思飲食、精神倦怠、四肢痠軟。

以上張太醫的診斷，核對於醫書醫理，可說是合情合理，絕非信口開河。小說中張太醫最後對秦可卿病症所下的綜合結論是：

> 據我看，大奶奶是個心性高強，聰明不過的人。但聰明太過，則不如意事常有；不如意事常有，則思慮太過：此病是憂慮傷脾，肝木忒旺，經血不能按時而至。……如今明顯出一個「水虧火旺」的症候來。

何謂憂慮傷脾、肝火忒旺、經血不能按時而至？又何以有「水虧火旺」的病症呢？

中醫認為人體是小宇宙，與大宇宙聲氣相連，故將肝、心、脾、肺、腎、五臟，分屬為木、水、土、金、水。並以五行中的相生（木生火，火生土，土生金，金生水，水生木）及相剋（木剋土，土剋水，水剋火，火剋金，金剋木）等道理，說明臟腑組織間的生理及病理關係。一臟受病可影響他臟；他臟有病亦可影響本臟，故肝病可以傳脾（木乘土）；脾病又可導致肝病（木侮土）；肝病亦

可傳於心（母病及子）、傳肺（木侮金）、傳腎（子病犯母）等互動
影響❶

《內經・靈蘭秘典》曰：「肝者將軍之官，謀慮出焉。」
謂肝臟主司之謀慮；憂慮過多，則肝火忒旺，肝火旺盛必影響至
脾，即「脾土被肝木所制」，故傷脾。又《素問・調經論》：「肝
藏血」。即肝臟為血海，血除除流溢於經脈之中，灌漑於五臟六
府之外，大部份血液還藏於肝。今秦可卿「肝家氣滯血虧」，血
氣運行於脈，臟府滯且不足，故經血不能按時而至。

又「子病犯母」，肝病必影腎。脾病亦影響腎，所謂「土
剋水」。另反有「心氣虛而生火」、「肝病氣滯血虛」（肝火忒
旺）等虛火上亢的的疾病。故「水虧火旺」是秦可卿疾病的總癥
結所在。

除此之外，張太醫二次言及時間與疾病的關係，更可展現
作者不凡的醫學才識，一是斷定可卿「寅卯之間必然自汗」；一
是「總是過了春分，便可望痊癒了」。

「寅卯之間，必然自汗」的根據為何？針灸學上有所謂的
「子午流注法」。其口訣詩為：

　　肺寅大卯胃辰宮，脾巳心午小未中。申膀酉腎心包戌，

---

❶　在「相生」關係中，每一「行」，都有「生我」和「我生」兩方面，
　　《難經》比喻為「母」與「子」之關係。在「相克」關係中，每一「行」，
　　都有「我克」和「克我」兩方面，《內經》稱為「所勝」與「所不勝」。
　　「侮」又稱「反克」，有恃強凌弱之意。
　　「乘」有克制太過之意，使二臟腑間失去正常的協調關係。

亥焦子膽丑肝通。❽

意謂氣血在人體十二經脈的運行有一定的規律，寅時氣血開始流注，卯、辰、巳、午、未、申、酉、戌、亥、子、丑、各流注肺、大腸、胃、脾、心、小腸、膀胱、腎、心、三焦、膽、肝等十二經脈。

其循環次序如下：

→手太陰肺經→手陽明大腸經→足陽明胃經

手太陽小腸經←手少陰心經←足太陰脾經←

足太陽膀胱經→足少陰腎經→手厥陰心包絡經

足厥陰肝經←足少陽膽經←手少陽三焦經←❽

寅時氣血流經「手太陰肺經」至卯時方轉流注「手陽明大腸經」。而患者秦可卿因「肺經氣分太虛」，本虛則華不固。《素問·六節藏象（即：臟象）論》：「肺者，氣之本，其華在皮毛」。肺為本，皮毛為華。肺氣太虛，故皮毛不固，皮毛不故則汗出焉。故寅時至卯時之間，秦可卿必然出汗的理由在此。

何以張太醫斷定秦可卿只要捱過「春分」，便可望痊癒？中醫五行說認為：五臟與四季的配屬關係是：春肝、夏心、長夏

❽ 明朝徐鳳根據《黃帝內經》而完成「子午流注」療法的規則。
❽ 「十二經脈」，詳見《黃帝內經·靈樞》卷二〈經絡〉篇。

脾、秋肺、多腎。因春氣屬肝又屬木，春分之時肝氣最旺，所以肝病患者此時病勢應最重，秦可卿「肝木忒旺」的病症，在春分節氣最重時，「水虧火旺」的現象必然更沉重。倘若能渡過此關，則性命便可望保全。

綜合上述，張太醫的診脈態度、脈象分析、病情判斷等可謂皆精確有據，故《紅樓夢》作者的醫術醫理是精湛深入，令人折服的。

三、對症下藥的良帖──益氣養榮補脾和肝湯

秦可卿心性高強，憂慮太過而引起內在肝木忒旺的病變，進而導致脾土被剋，心氣虛而生火又肺經氣分太虛等。而經期不調、夜間不寐、脅下痛脹、心中發熱、頭目眩暈、寅卯之間自汗、不思飲食、精神倦怠、四肢痠軟等，則是發於外的癥候。張太醫所開的藥方為「益氣、養榮、補脾、和肝湯」，所用的藥劑及藥量如下：[20]

　　人參(二錢)　　白朮(二錢土炒)　　雲苓(三錢)　　熟地(四錢)　　歸身

---

[20]　此藥方乃根據庚辰本《石頭記》所錄，其餘蒙府本、戚序本、戚寧本、舒序本、甲辰本略同。〔見馮其庸主編，紅樓夢研究所彙校的《脂硯齋重評石頭記彙校》，一九八九年北京文化藝術出版社。〕若甲戌本及一百二十回手抄本，則有藥名而無列藥量。

(兩錢酒洗)　白芍(兩錢炒)　川芎(錢半)　黃芪 (三錢)　香附米(製二錢)　醋柴胡(八分)　懷山藥(二錢蛤粉炒)　延胡索(錢半酒炒)　灸甘草(八分)

引：用建蓮子七粒，去心。　紅棗二枚

此藥方是以「八珍湯」爲基礎，加減其藥量並增添其他藥材而成。按：中醫的「八珍湯」，是以「四君子湯」加「四物湯」，再以生薑二片，大棗二枚作「藥引」。據《醫宗金鑑》卷三的《刪補名醫方論》記載：四君子湯主治：「面色痿白、言語輕微、四肢無力、脈來虛弱者。其藥材及藥量爲：人參、白朮、茯苓、甘草各二錢 。註引張潞之說曰：

> 氣虛者，補之以甘。參、朮、苓、草，甘溫益（脾）胃，有健運之功，具沖和之德，故爲君子。蓋人之一生，以胃氣爲本，胃氣旺則五臟受蔭，胃氣傷則百病叢生。故凡病久虛不癒，諸藥不效者，惟有益胃，補腎兩途。故用四君子，隨症加減，無論寒熱補瀉，先培中土，使藥氣四達，則周身之機運流通，水穀之精微敷布，何患其藥之不效哉！是知四君子爲司命之本也。

按四君子湯以補氣、健脾，培養脾胃爲主。氣虛與脾虛有密切的關係，互爲因果，故補氣與健脾兩法，常配合應用。由於脾胃爲後天之本，運化機能，爲人體氣血生化之源，故善治者，多從健脾胃著手。同時，脾胃運化失調，則不能消化水穀而化生精微。

所以在治療脾胃虛弱的時候，要借助補氣的藥物，以助脾胃的運
化。本四君子湯用人參、甘草補氣、茯苓補氣、白朮強健脾胃，
即是基於此醫理而來。

《醫宗金鑑》卷三《刪補名醫方論》記載：四物湯主治：
「一切血虛、血熱、血燥諸症，其藥材及藥量為：當歸、熟地各
三錢，川芎一錢五分，白芍以酒炒二錢。註引柯琴之說曰：

> 《（內）經》：「心生血，肝藏血。」故凡生血者，則究
> 之於心；調血者，當求之於肝也。是方肝經調血之專劑，
> 非心經生血之主方也。當歸甘溫和血，川芎辛溫和血，
> 芍藥酸寒斂血，地黃甘平補補血。四物皆具生長收藏之
> 用，故能使營氣安行經隨也。

按四物湯是補血的基礎方，亦是調經的常用劑。當歸以補血和血
為主，熟地滋陰養血，又能和血活血，柔肝養榮，為婦科一大良
劑。

除了八珍：人參、白朮、茯苓、熟地、當歸、白芍、川芎、
甘艸等八味藥材之外。張太醫又添加了黃芪、香附米、醋材胡、
懷山藥、真阿膠、延胡索六味藥材，其用意為何呢？

黃芪，據《本草綱目》記載：其性味是「甘」、「微溫」。
主治「婦人子臟風邪氣，逐五臟間惡血」。又可「長肉補血」，
療「月候不勻」及「虛勞自汗」，並「補肺氣，瀉肺火、心火，
實皮毛，益胃氣」等。

香附米，據《滇南本草》載其性味是「性微溫，味辛」。

《本草經疏》載其藥效爲：「治婦人崩漏、帶下、月經不調者。皆降氣、調氣、散結、理滯之所致也。蓋血不自行，隨氣而行，氣逆而鬱，則血亦凝滯，氣順則血亦從之而和暢，此女人崩滯下，月經不調之病所以咸須之耳。」

柴胡，據《本草綱目》記載，其性味是：「苦、平」，主治「心腹腸胃中結氣，飲食積聚」又可「除煩止驚、益氣力」「潤心肺」「除虛勞」，療「心下痞胸脅痛」及「頭痛眩暈目昏」「經水不調」等。

強調「醋」柴胡，乃是柴胡浸以醋汁，療效將加強，因醋據《本草經疏》載云：「其味酸，氣溫無毒。酸入肝，肝主血」「酸能斂壅熱，溫能行逆血」等。

山藥，《本草綱目》稱爲「薯蕷」，其性味是「甘、溫平」，可以「補虛羸、除寒熱邪氣、補中益氣力，長肌肉，強陰」；治療「頭風眼眩」「虛勞羸瘦」；又能「充五臟、除煩熱」「補心氣不足」「益腎氣、健脾胃」等。

阿膠，據《本草綱目》記載：其性味是「甘、平」。可以「養肝氣、堅筋骨」；療「女人血痛血枯，經水不調」等。

蛤粉，據《本草綱目集解》云：「（蛤蜊）其殼火　作粉，名曰蛤蜊粉也。」。《本草綱目》又記載：蛤粉的性味是「鹹、寒」，可以「化積塊、解結氣」「治病人血病」。阿膠配蛤粉炒，可結合且加強彼此的療效。

延胡索，據《本草綱目》記載：其性味是「辛、溫」，必須「煮酒或酒磨服」，能「破血」，治「婦人月經不調」。《本草經疏》又載：延胡索，溫則能和暢，和暢則氣行；辛則能潤而

走散，走散則血活。血活氣行，故能主破血。……婦人月經之所以不調者，無他，氣血不和，因而凝滯，則不能以時而至，而多後期之証也。」《本草匯言》：「延胡索，凡用之行血，酒制則行。……用之調血，非炒用不神。」。

至於「藥引」，何以捨八珍湯的生薑而改爲建蓮子？據《綱目拾遺》載：「薑黃，性熱不冷」；又《本草疏經》載：「凡病因血虛臂痛，血虛腹痛，而非瘀血凝滯、氣壅上逆作脹者，切勿誤用。誤則瘀傷血分，令病轉劇。」。秦可卿肝木、心火皆旺，且血滯氣虛，用生薑作藥引，恐有不當，且無法導行藥氣。故捨之不用。

建蓮子即蓮實，《本草綱目》記載：其性味爲「甘、平濇」可以「補中養神，益氣力、除百病」「主五臟不足，傷中」，最重要的是能「益十二經脈血氣」。故以蓮子爲導行藥氣的引子❷。

另一藥引爲「紅棗」（庚辰本），但一百二十回手抄本做「大棗」。大棗在「全赤時，日日撼而收曝則紅皺」（賈思勰《齊民要素》，《本草綱目》集釋引）是爲紅棗。《本草綱目》記載其「主治心腹邪氣，安中，養脾氣，平胃氣。」最重要的是能「通九竅，助十二經」，故亦是藥引的良材。

綜合以上張太醫的「益氣、養榮、補肝、和肝湯」的每一藥材及藥引，無不針對秦可卿的病症而下。其用八珍湯爲基礎，柔肝養榮、健脾益胃並強腎，以收血氣雙補的功效。再以香附米、

---

❷ 蓮子心，《本草綱目》言其性味：「苦、寒」，故不利於氣滯血虛之病人，故本藥引的蓮子需去心方可。

柴胡、延胡索等調經解滯，舒肝理氣，制止肝木火旺之癥。而阿膠、山藥等則可補中益氣，增益八珍的療效。再以蓮子去心及紅棗做爲通九竅、益十二經脈血氣的藥引。本藥帖既治標又固本，能補而不滯，能舒而不泄，方、症相投，絲絲吻合。由此可進一步看出《紅樓夢》作者的醫學才識、甚至臨床經驗的超越卓絕。

然而《紅樓夢》作者，以極費周章的方式旁描側寫秦可卿的疾病；又極精密的論斷其病症、病因；並且不厭其詳的列出對症下藥的方劑。其目的難道僅僅在成功的塑造一位醫術高明的醫生角色？或展露作者本身不凡的醫學才識而已嗎？其必然別有匠心深意在，此留待下節中再綜合論述。

四、「淫喪天香樓」的伏線與照映

《紅樓夢》中張太醫的醫術如此超卓，何以秦可卿依舊走上黃泉路？此是歷來讀者大惑不解處。直至胡適得到珍貴的甲戌手抄本，眞相方大白。甲戌本第十三回回末總評云：

> 「秦可卿淫喪天香樓」，作者用史筆也。老朽因有魂托鳳姐賈家後事二件，嫡是安富尊榮坐享人能想得到處？其事雖未漏，其言其意則令人悲切感服，姑赦之，因命芹溪刪去。

可證明秦可卿並非因病而亡，乃是別有淫喪之故。批者畸笏叟❷❷

─────────────────────

❷❷ 此處批者未署名，但自稱「老朽」。「老朽」二字，則是畸笏叟批書

因可卿有托夢鳳姐，勸鳳姐在掌理賈府財政之際，多在祖塋附近購置田產，作爲安家立業之基；並設置家塾教育子弟，以免日後「樂極生悲，應了樹倒猢猻散的俗語」（詳見第十三回），此番話絕非坐享祖蔭、安富尊榮者所能想得到的。就因這番話令人「悲切感服」，故「姑赦之」，遂命曹雪芹刪去「秦可卿淫喪天香樓」一事，因此，回目亦被改爲「秦可卿死封龍禁尉」。

　　然而批書者云此處作者所用的是「史筆」。所謂「史筆」，除了別善惡、寓褒貶之外，亦應有「實筆」之義。蓋史書注重「眞」與「詳」，故敘事述人多力求眞實詳盡。而在寫作技巧上，與史筆相對的，應是「幻筆」、「虛筆」。筆者以爲，第五回太虛幻境中，可卿與寶玉的迷離情緣，作者採用的便是虛筆、幻筆㉓。

時之慣用語。復證之以靖藏本第十三回硃墨眉批：「可從此批。通篇將可卿如何死故隱去，是余大發慈悲也。嘆嘆！壬午季春，畸笏叟」故「淫喪天香樓」情節，似是畸笏叟所建議刪除。

㉓　《紅樓夢》第五回，作者以極隱微的筆法，暗示秦可卿與賈寶玉的關係非比尋常。先是作者藉年長的姆姆道：「那有個叔叔到姪兒房裏去睡覺的理？」來提示可卿安排寶玉到她房裏睡覺是反常違理之事。而可卿閨房的擺設，隱隱約約都有淫慾的暗示。在夢中寶玉又與警幻仙子之妹「乳名兼美字可卿」者成親，因此「那寶玉恍恍惚惚，依警幻所囑之言，未免有兒女之事，難以盡述。至次日，便柔情繾綣，軟語溫存，與可卿難解難分。」就因有這段夢中情緣，故第十一回，寶玉與鳳姐至天香樓探病時，作者才又隱筆回映前事：「寶玉正眼著那『海棠春睡圖』，并那秦太虛的『嫩寒鎖夢因春冷，芳氣襲人是酒香』的對聯，不覺想起在這裏睡，夢到『太虛幻境』的事。」因此當他聽到可卿一番病中語之後，便「如萬箭攢心，那眼淚不知不覺就流下來了。」另第十三回，可卿死亡，寶玉的反映也強烈到：「只覺心中似戳了一刀的，不忍『哇』的一聲，直噴出一口血來。」

即可卿「情既相逢必主淫」有二事，一是「養小叔」，一是「爬灰」。二者皆是可卿憂慮致病之起因，但「淫喪天香樓」既是史筆，則描述重心，應該不會放在重述第五回的內情。換句話說，「養小叔子」之事，雖亦是可卿自殺的潛在心理因素，但第五回中，已用虛筆、幻筆寫出，故可卿自殺的導火線，應該是「爬灰」一事了。

但是「淫喪天香樓」的情節，終究已被曹雪芹刪去，除非是另有「珍本」出現，否則已無法復原全貌了。然而從脂硯齋等人的零星批語中，猶可推知一二線索。甲戌本十三回最後一條批語云：

> 此回只十頁，因刪去天香樓一節，少卻四五頁也。

原來第十三回的篇幅，本應有十四或十五頁之多，因曹雪芹刪減之後，遂剩十頁而已。案：甲戌手抄本《石頭記》，正文每行有十八字，一頁有十八行，故總共約刪去二千字左右的內容。而此兩千字的情節爲何？「靖藏本」第十三回的回前總批有重要記載：

> 「秦可卿淫喪天香樓」，作者用史筆也。老朽因有魂托鳳姐賈家後事二件，豈是安富尊榮坐享人能想得到者。其言其意，另人悲切感服。姑赦之，因命芹溪刪去「遺簪」、「更衣」諸文。是以此回只十頁，刪去天香樓一節，少去四、五頁也。

此雖與甲戌本的回末批語及總批大同小異，但卻透露了所刪的內容是「遺簪」和「更衣」的情節。如何遺簪？如何更衣？雖已無可考究，但由字面上加以推測，想必是描寫秦可卿的姦情。而從脂批的暗示，及曹雪芹許多的「未刪之文」，讀者都可確定可卿姦情的對相是她的公公賈珍。本節所要探討的，便是《紅樓夢》作者在安排「秦可卿淫喪天香樓」這一重大情節時，事前如何埋下伏線？事後有無照映？由伏線及照映，來推勘作者的寫作本衷及技巧。

　　十二金釵中，唯有秦可卿長於貧寒之家❷，其父秦業雖任職「營郎」之官，但是「宦囊羞澀」，連兒子秦鍾尚要依附於賈家的私塾讀書；甚至連二十四兩的束脩禮，也要「東拼西湊」才能備齊（第八回）。

　　且可卿的身世竟也無可察考，只知是秦業從「養生堂」抱回來撫養而已（第八回）。雖然甲戌本脂批云：

　　　出名秦氏，究竟不知係出何氏？所謂寓襃貶、別善惡也。
　　　秉刀斧之筆，具菩薩之心，亦甚難矣！如此寫出，可見
　　　來歷亦甚苦矣！

---

❷　金陵十二金釵中，元春、迎春、探春、惜春、巧姐兒出自賈府，乃寧
　　國公、榮國公之後；史湘雲爲保齡侯尚書令史公之後；王熙鳳爲太尉
　　統制縣伯王公之後；薛寶釵爲紫微舍人薛公之後；林黛玉是巡鹽御史
　　林如海之女，林如海之祖亦曾襲過列侯。李紈是金陵名宦之女，父名
　　李守中，曾爲國子監祭酒。妙玉本蘇州人民，祖上亦是讀書仕宦之家。

又另一批語曰：

> 寫可兒出身自養生堂，是褒中貶。……

脂硯齋認為《紅樓夢》作者故意讓秦可卿不知係出何氏，是刻意
分別善惡，但仍具菩薩心腸，可謂用心良苦矣！且此是在賈府上
下對可卿一片讚揚聲中（詳下文）的「褒中貶」。

　　但若從不同的角度觀之，正因為秦可卿出身不明，且長於
貧寒之家，又缺乏母教（第八回載秦業夫人早亡），而貧女嫁入豪
門，金玉綺羅的生活中，物慾較易放縱；紈褲膏粱的陣容裏，人
慾難免橫流。偏偏她又是「生得形容嬝娜」，因此「性格風流」
的「情可輕」特質，恐是先天不良，後天失調，雪上加霜一起造
成的。是故在此伏線中，作者或是以悲憫的態度，獨具的隻眼，
從環境的因素，為賈府的亂倫悲劇，寫下誘因。

　　此外，第五回中，秦可卿正式出場。作者透過賈母的眼睛
來看可卿：

> 賈母素知秦氏是個極安妥的人，而且又生得嬝娜纖巧，
> 行事又柔溫和平，乃重孫媳中第一個得意之人。

賈府的燈塔──賈母，對可卿已充滿讚賞之意。而婆婆尤氏對可
卿的評語是：

> ……這麼個媳婦，這麼個情性的人兒，「打著燈籠也沒

地方找去」。他這為人行事，那個親親戚并那一家兒的
長輩，那個不喜歡她？（第十四回）

婆媳之間，能有如此窩心的讚美，真是難能可貴。至於下人們對
秦可卿的態度，則在「淫喪天香樓」事後照映文中，有不少深刻
的描寫：

可卿死後，其丫鬟瑞珠也觸柱而亡。在此，甲戌本脂批云：
「補天香樓未刪之文」；靖藏本珠墨夾批亦云：「是亦未刪之文」。
蓋瑞珠既是可卿的貼身丫鬟，想必撞見或知道姦情的內幕。她大
可供出內情始末，為自己避禍卸責；或者遠離賈府，逃避禍害；
再者也可裝聾作啞，抵死不知。然而，她卻寧願以死殉主，杜絕
口風，以免敗壞可卿名節，主僕間的恩義豈是泛泛而已？

而另一小丫鬟名寶珠者，「因見秦氏身無所出，乃甘心願
為義女，誓任摔喪駕靈之任」，「按未嫁女之喪，在靈前哀哀欲
絕」。在此，連脂批都為可卿歎惋：「非恩惠愛人，那能如是？
惜哉可卿！惜哉可卿！」

以鳳姐的精明幹練，雖然得到賈母、王夫人的歡心，但是
婆婆邢夫人對她已心存介蒂；下人們對她往往恨得咬牙切齒。兩
相對照之下，秦可卿外在行事的「柔溫和平」，真的虜獲了賈府
上下的人心，以致於可卿死時，「彼時合家皆知，無不納罕，都
有些疑心」（甲戌本第十三回）。倘可卿是久病而死，則有何可疑？
故此「九個字寫盡天香樓事，是不寫之寫」（脂批）。雖然舉家
懷疑秦可卿的死因，但「那長一輩，想他素日孝順；平一輩的，
想他平日和睦親密；下一輩的，想他素日慈愛；以及家中僕從老

小，想他素日憐貧惜賤，慈老愛幼之恩，莫不悲號痛哭者。」（第
十三回）。也正因如此，其姦情終能不在死後被渲染、宣揚。此
又是《紅樓夢》作者，既回映「淫喪天香樓」事件的健筆；又暗
指可卿何以能「死封龍禁尉」的「貶中褒」的「春秋字法」㉕。

　　作者將秦可卿的表面行事，形容得如此周全良善、柔溫和
平。但是其內在情性是如何呢？表裏是否一致？內外有無衝突？
據她婆婆尤氏所觀察到的內在情性是：

　　　　那媳婦的雖說見了人有說有笑，會行事兒。他可細心又
　　　　心重，不拘聽見個什麼話兒，都要度量個三日并五夜才
　　　　罷。

可見心細如髮，思慮煩多，是可卿較少人知的內在情性。而與可
卿相知最深的鳳姐，則見到她心性高強的一面。如在賈敬的壽宴
上，鳳姐嘆道：

　　　　我說他不是十分支持不住，今日這樣日子，再也不肯不
　　　　掙扎著上來。（第十一回）

㉕　甲戌本第八回寫可卿出身「養生堂」一段，有眉批云：「寫可兒出身
　　自養生堂，是褒中貶；後死封龍禁尉，是貶中褒。靈巧一至如此。」
　　又甲戌本第八回述可卿生得形容嬝娜，性格風流。「性格風流」下有
　　夾批：「四字便有隱意。春秋字法。」再由整本《紅樓夢》觀之，「春
　　秋字法」無疑是作者寫作筆法之一。

賈敬是賈蓉的祖父，孫媳婦秦可卿不參與其壽筵，乃因病的難以支持，否則一定會掙扎前往，這正是可卿懂禮數及心性強的寫照。而鳳姐探病時，可卿亦自云：

> 如今得了這個病，把我那強要的心，一分也沒有了。（第十一回）

可見連她本人都承認自己好強。因此作者藉著與賈府素無來往的外人——張太醫，據脈息而總合道出可卿是：「心性高強，聰明不過」又「思慮太過」的人。

案心性高強的人，如鳳姐是對上長袖善舞，對下咄咄逼人；黛玉是言語尖酸，行事孤峭；妙玉則是孤僻成性，目無下塵；即如探春，雖精明幹練，但又兼賞罰好惡分明㉖。以上諸人的內在情性與外在言行，可說是「有諸中而形於外」，表裏一致。

然而秦可卿內在的心性高強，表現於外在言行，竟是「柔溫和平」；更不可思議的，竟能讓賈府上上下下，不管是龍蛇、雞鳳，都對她這位身世不明的貧家女喜愛無比。這需要一番心理壓抑、掙扎，甚至矯揉偽裝、委曲求全，才可能辦到。長久如此的內外不平衡，焉能不生病？且憂慮與公公的姦情一旦曝光，「英名」塗地，死無葬所，又焉能不先以自盡來解脫、逃避？或者被

㉖　如第五十五回，探春代鳳姐理家時，按照常例，只發給親舅舅的奠金二十兩，絲毫不循私，故引起親母趙姨娘的哭鬧不滿。又第七十四回抄檢大觀園時，探春不惜悍然得罪鳳姐；又掌摑王善保家的。

刪的「遺簪」、「脫衣」情節中,其姦情已被婆婆尤氏及丈夫賈
蓉知曉(此由可卿死,尤氏一反疼愛可卿的常態,竟然「正犯了胃疼舊疾,
睡在床上」(第十三回),而賈蓉亦無悲淒之狀;且整個喪禮過程中,尤
氏、賈蓉幾乎都避而不見,猜測得知。)是故心性高強的可卿,只有
羞愧自盡而死了。

　　以上是《紅樓夢》作者,煞費苦心地描述秦可卿內在情性
與外在行事的衝突,從人物性格的角度,來隱伏及照映「淫喪天
香樓」的事件。使本段情節的產生既合情又入理,一點也不突兀。

　　除了從出身、環境及人物性格等方面,來隱伏及照映「淫
喪天香樓」的事件之外。作者又匠心獨運地巧設警句、暗埋機關,
逐漸地掀起波濤壯闊的情節高潮;而高潮過後,又時有迴瀾蕩漾,
使小說前後貫串,餘韻不絕。

　　起初是第五回,賈寶玉觀覽十二金釵正冊時,已隱隱約約
地指出可卿的性格、未來命運、及自縊的下場:

> 後面又畫著高樓大廈,有一美人自縊。其曰:「情天情
> 海幻情身,情既相逢必主淫。漫言不肖皆榮出,造釁開
> 端實在寧。」

再來是第七回中,讓寧國府的老僕焦大,口不擇言地罵出「爬灰
的爬灰,養小叔子的養小叔」這兩句石破天驚的話。二者雖皆是
可卿憂慮致病的肇因,然而後者更是可卿自縊的導火線。故在回
末,作者又刻意借賈寶玉之口,替讀者再問一次「爬灰」是何義?
雖然此問被鳳姐厲色喝止而無下文,但往後第十回、第十三回的

內容，無疑是爬灰的具體答案了。

接著第十回中，作者不但成功地塑造了一位醫術超絕的太醫角色；又淋漓盡致地展露了自己的醫學才識。但是其主要目的，仍是藉「張友士」以「張揚有事」，為「秦可卿淫喪天香樓」的高潮情節鋪路。故張太醫云可卿的病因在於憂慮成疾，所憂者何事？作者雖隱諱未寫，但從焦大的罵罵伏線中已可推知一、二了。

最重要的是，醫術湛深的張太醫，論斷秦可卿只要「總是過了春分，便可望全愈了」。問題是可卿捱過了春分沒有？作者故意採用撲朔迷離的寫法，不做正面答覆，但是從小說情節的發展，可以推算經歷多少時間：

前文已提及，可卿發病在八月二十之後；九月半及臘月初二，鳳姐兩度探視，可卿並未添病，只是消瘦不堪。此是作者暗示張太醫所開的藥方並非無效，至少已遏止病情了。但是可卿自己憂慮未解，故身病雖未加重，心病卻已成沉痾了。

情節發展至此，作者移山換海，轉而敘述「王熙鳳毒設相思局，賈天祥正照風月鑑」等頗繁重漫長的情節。賈瑞（字天祥）因中了鳳姐的毒計而染病，各種病症「不上一年，都添全了」。可見從臘月賈瑞生病算起，至諸症齊發時，已將近一年。後文又述：「倏又臘盡春回，這病更又沉重」。可見至賈瑞病重時，已經歷一年多的時間了。再者，小說中又敘述：「誰知這年多底」，林如海病重，賈母遂命賈璉送黛玉回蘇州，可見時序又到多底了。由以上的時間推算，第十二回的小說情節，是在兩年的時間長度內發生的，❷早就過了第一年的春分了，按照張太醫的診斷，秦

❷ 《紅樓夢》第十一回至第十三回的情節，並無倒敘之筆法，故時間可

可卿的病已無大礙才是。故兩年後，可卿猝死，才會「彼時合家皆知，無不納罕，都有些疑心」（甲戌本十三回），此九字，脂批斷爲「不寫之寫」，確實強烈地映照了天香樓的亂倫姦情。

此外，可卿死後，作者在第十三回處理喪事的過程中，一再地以辛辣但卻又含蓄的警筆，回映、隱喻天香樓的眞相。脂硯齋及畸笏叟等人，是少數看過「遺簪」、「脫衣」等被刪情節的人，故能一一指出。如：可卿死後，「彼時合家皆知，無不納罕，都有些疑心」，除了前文所引的甲戌本脂批之外，靖藏本又多了一條珠墨眉批云：「可從此批（按：即脂批）。通回將可卿如何死故隱去，是余大發慈悲也。嘆嘆！壬午季春，畸笏叟。」

在賈家上下趕赴寧府弔喪時，「賈珍哭的淚人一般」的文句下，甲戌本有夾批：「可笑，如喪考妣，此作者刺心筆也。」

賈珍哭得極傷心，「眾人忙勸道：『人已辭世，哭也無益，且商議如何料理要緊。』」文句下，庚辰本有夾批云：「淡淡一句，勾出賈珍多少文字來」。小說正文賈珍接著說道：「如何料理？不過盡我所能罷了！」。此處王府本眉批云「『盡我所能』爲媳婦，是非禮之談，父母又將何以代之？故前此有惡奴酒後狂言，及今復見此語，含而不露，吾不能爲賈珍隱諱。」

寧府在停靈之時，「單請了一百零八眾禪僧，在大廳上拜『大悲懺』，超渡前亡後化諸魂，以免亡者之罪。」（按：如此大張旗鼓地辦喪事，無非是賈珍求心安而已；且可卿若眞的因病而亡，以

一一計算得出。且第十六回，賈璉與黛玉從蘇州回賈府，鳳姐洋洋得意地對丈夫炫耀她如何掌理喪葬大事，可見秦可卿必死於賈璉送黛玉回蘇州期間。此是明証。

她「柔溫和平」的個性，「憐貧惜賤、慈老愛幼」的行爲，又有何大罪孽需消解）？且又「另設一壇於天香樓上」（按：無疑指出可卿自縊喪命的地點），本句下甲戌本夾批：「刪！卻是未刪之筆」。

賈珍挑選棺木，薛蟠說道：「我們木店裏有一副板，叫什麼檣木」，文句下甲戌本、己卯本、庚辰本、王府本有正本皆有夾批：「檣者，舟具也。所謂人生如泛舟而已，寧不可歎！」。小說正文接著：「出在潢海鐵網山上」。以上各本亦皆有夾批：「所謂迷津易墮，塵網難逃也。」

賈政勸賈珍：「此物（按：檣棺木）恐非常人可享者」，句下甲戌本有夾批：「政老有深意焉！」。小說正文：「賈珍恨不能代秦氏之死，這話如何肯聽？」，王府本夾批：「『代秦氏死』等句，總是添實前文。」❷❽

賈珍爲賈蓉蠲了「龍禁尉」的官名；又極奢華的辦了水陸道場後，「只是賈珍此時心意滿足」句下，王府本夾批：「可笑」。

賈珍拄了拐，至上房拜見邢、王夫人時，內眷們聽到下人報賈珍進房時，「唬得眾婆娘『嗯』的一聲，往後藏之不迭」，甲戌本夾批：「素日行止可知」。另正文：「賈珍一面扶拐，作掙著要蹲身跪下；請安道乏」句上，靖藏本珠筆眉批：「刺心之筆」。❷❾

以上是脂硯齋等人在批語中，指出《紅樓夢》作者在可卿

---

❷❽　小說下文中，有瑞珠丫鬟觸柱而亡之事，亦是「淫喪天香樓」的回映筆法之一，在此甲戌本、靖藏本皆有夾批，前文已引，故不贅述。

❷❾　以上諸本的批語，引自陳慶浩先生編著《新編石頭記脂硯齋評語輯校增訂本》（台北·聯經出版社·一九八六出版）

死後，採用微言、警句，以映照「淫喪天香樓」的翁媳姦情。

綜合前論，作者針線綿密地爲秦可卿的死，埋入前因；又煞費苦心地爲天香樓事件，運出迴筆。處處都有動人心魄的技巧。甚至遠在第二回：「冷子興演說榮國府」時所云：「如今（賈）敬老爺一概不管。這珍爺那裏肯讀書？只一味高樂，把寧國府翻過來。」

，此是「箕裘頹墮皆從敬（賈敬）」、「造釁開端實在寧」的注解；更是「淫喪天香樓」的第一條伏線。而在一百十一回，「鴛鴦女殉主登太虛」裏，鴛鴦不知如何死法？教她上吊的，竟然是秦可卿的魂魄。此暗喻正是十二金釵正冊中：「高樓大廈，有一美人懸樑自縊」的圖畫解題；亦是「淫喪天香樓」的最末一次映照。❸⓿

結　論

《紅樓夢》作者，以旁描側寫的技巧敘述秦可卿疾病的肇因，是聽見焦大的詈罵憂慮所致。「養小叔」一事，暗指可卿與寶玉在太虛幻境中的夢中情緣，此處作者用幻筆、虛筆寫出。而「爬灰」一事，則明指可卿與賈珍的天香樓姦情，是可卿自縊的導火線，作者用史筆、實筆寫出，但在批書人畸笏叟的建議命令下，已被曹雪芹刪除。

---

❸⓿　第一百十六回，寶玉二度進入太虛幻境時，可卿最後一次出現，但與「淫喪天香樓」事件無關，故不列入「映照」之中。

　　作者安排由可卿身邊親人的泛談病症；及張太醫的入寧府細探病源，曲折迂迴地逐次導出「淫喪天香樓」的高潮情節。

　　作者成功地塑造了張友士的太醫角色。將枯澀的醫學，融進角色生動有趣味的言行舉止中。無論是診病的時間、按脈的態度、引述的醫理、判斷的病情，無不切合醫書醫理，絲絲入扣。

　　張太醫所開的藥帖——「益氣、養榮、補脾、和肝湯」，確能針對秦可卿憂慮多心所引起的肝木忒旺、水虧火旺的症狀，加以治療，既固本又治標。

　　「張太醫論病細窮源」的情節，除了展現作者湛深的醫學才識之外；仍舊以做為「淫喪天香樓」的伏線為主。秦可卿業已捱過了「春分」的關隘，病不至死。雖然，可卿與公公賈珍有姦情，因而自縊於天香樓的情節，被曹雪芹刪除。但是，由事前的伏線隱喻，與事後的諷刺照映中，仍可約略尋出「淫喪天香樓」的真相。而作者針線綿密的伏文，與隱微但卻辛辣的迴筆，在寫作技巧上，則是非凡超絕的藝術成就。

《蟫史》作者屠紳評傳

　　《蟫史》是目前所知中國小說史中唯一的長篇文言小說；屠紳則是唯一考上進士、歷任官職而撰寫長篇小說的作者。故屠紳其人、《蟫史》其書都頗值得我們注意。

　　筆者綜合相關資料❶，立屠紳生平小傳如下：

　　　　屠紳，字賢書、號笏巖、笏崖（或字笏巖、笏崖，號賢書）；別署「竹勿山石道人」、「磊砢山房主人」、「黍餘裔孫」，江蘇江陰人。乾隆九年甲子〔1744〕生，世業農，居於江陰西觀村。祖六吉，父覲文。

　　　　十三歲入邑庠；乾隆二十七年，十九歲，中鄉舉；乾隆二十八年，二十歲，中進士。乾隆三十五年，二十七歲，任雲南師宗縣縣令。至則立殲夷魁，以移民風。五校鄉闈，所得多士。乾隆五十二年，四十四歲，遷尋甸州知州。嘉慶元年、五十三歲，任廣州通判。嘉慶六

---

❶　詳參筆者拙作《清代四大才學小說》之乙篇〈蟫史研究〉（臺灣・商務書局，1997初版）又本論文所引《蟫史》原文，頁碼皆根據嘉慶五年「磊砢山房原本」（臺北・天一出版社，1976年3月初版）

年，入北京候補，因酒色得暴疾，猝卒於客寓中，年五十八。

　　屠紳幼喪父，資質聰敏。性格豪放不羈，褊急嫉俗。然事母極孝，重手足情誼。慕湯顯祖之爲人，善度曲吹笙及畫梅。然爲吏頗酷。好色，姬妾眾多。與洪亮吉、趙味辛、金捧閣、陸祁生、師範、黃仲則、陳伯玉、吳錫麒等相善。洪、趙爲其詩集《笏巖近稿》寫序。唯此詩集於咸豐十年，英法聯軍亂後已亡佚。夏宗保輯其十五首詩爲《笏巖詩鈔》一卷。雜説《鴉亭詩話》一卷，乾隆四十九年完稿，并收錄金武祥所編《江陰叢書》中。另有小説《六合内外瑣言》二十卷，初名《瑣琂雜記》（或稱《璅琂雜記》、《蠨琂雜記》），於乾隆五十八年竣書出版，時屠紳年五十歲。《蟫史》乃其在嘉慶元年五十三歲後，任廣州通判時所撰。此書最早有嘉慶五年「磊砢山房原本」，此版第一幅繡像，即是屠紳的畫像，可據以想見其風貌。

　　屠紳創作《蟫史》之動機爲何？應是宦居地特殊環境的刺激。《蟫史》卷首云：

　　在昔吳儂，官于粵嶺，行年大衍有奇，海隅之行，若有所得，輒就見聞傳聞之異辭，彙爲一編云。（頁1）

又云：

望洋知道岸云遙，觀海覺文瀾甚闊。蕭閒歲月，非著書
何以發微？浩淼煙雲，豈坐井而能語大？（頁1）

　　屠紳於嘉慶元年（丙辰，1796），五十三歲，任職廣州通判
時，因目睹粵地的奇風異俗，耳聞海隅的傳奇怪事，心中必多所
感悟。且因地偏政簡，爲了打發蕭閒歲月，便將「見聞傳聞之異
辭」，揉合匠心巧意，彙爲一編，撰成《蟫史》。

　　以上是屠紳自述其創作之動機。然而細勘《蟫史》內容所
述及的區域，並非只限於東南廣州一地，舉凡楚、蜀、黔、豫東、
交阯、甚至臺灣，皆入其寫作範疇。故而邊隅奇風異俗對屠紳的
刺激，應肇始於其任職師宗縣縣令、尋甸州知州之際，非僅在其
擔任廣州通判時。何況，雲南、廣東在乾嘉之際，發生了嚴重的
「乾、嘉苗變」；也被「三省白蓮教之亂」所波及；閩粵一帶，
又有海寇騷擾事件。諸項重大戰役，提供了屠紳創作小說的題材。
遂以近十八萬字的文言文長篇，達成他炫文耀才；庋藏博學、炫
耀多藝；並傳述異聞、諷刺時政、人物等主要目的。

　　茲分述屠紳創作《蟫史》之目的於下：

一、炫文耀才

　　「文備眾體」是中國古代小說的特色之一，無論是白話或
文言、長篇或短章，往往在行文中夾雜某些文學體式，或散文、
或駢文或詩、詞、曲、賦；或評議論贊；或章奏、詔告、酒令、
對聯；或謎語、童謠、禪偈、讖語；或織錦迴文、集句聯詩……

等等，借此展現作者的詩才、史筆、議論及其他獨到的才華。屠紳亦不例外。然而《蟫史》一書，非僅是擇取部份體式來炫才而已，乃是將以上各類文體，全數展現於內容中，幾乎應有盡有。藉此顯露其文采及才學。

再檢視《蟫史》的外在形式，則可發現屠紳炫才的方式，往往忒費心機，以求異於一般常見的流俗小說，藉此樹立自己獨特的風格。例如小說題名《蟫史》，「蟫」者，是屠紳自比蠹魚；「史」者，則是云此書，融合了他一生讀書心得，及其觀照歷史、體察時事的記錄與比興；再以虛實相輔、真幻並存的野史創作方式，發而為文，希望能有益於世道人心，成為史鑑。

書名頗具匠心之外，書中人物的名號，大多數亦各有意旨。如屠紳用以自況的要角——桑蠋，又名桑蠋生。其出處為《詩經・豳風・東山》詩：「蜎蜎者蠋，烝在桑野」；《毛傳》釋曰：「蜎蜎，蠋貌。蠋，桑蟲也。」蓋屠紳既將小說命名為《蟫史》，又如〈序〉所言，人類實「不若蠹魚之獲飽墨香古澤」。故為了配合書名，及突顯「深感於人之為蟲，而蟲之所以為人矣！」（小停道人《蟫史・序》）的理念，遂將征戰蠻荒、不遑暇處的小說主角，比喻為身置荒野，勞苦不已的桑蟲❷。

屠紳除對小說的題名，主角的命名，頗有深意之外；對書中其餘重要人物的命名也煞費苦心，如：《蟫史》中的甘鼎，乃影射平苗大將傅鼐；斛斯貴即福安康；賀蘭觀即海蘭察；木宏綱

---

❷ 《詩・東山・鄭箋》：「蠋蜎蜎然，特行久處桑野，有似勞苦者。」
　　《孔疏》：「蜎蜎然者，桑中之蠋蟲，常久在桑野之中，似有勞苦。」

爲柴大紀；梅颯采則影射林爽文；嚴多稼影射莊大田……至於地
名亦往往有影射，如「群網城」即指臺灣的「諸羅」；「鷟鸞城」
即爲「鳳山」；「顯教島」即「彰化」……等等。

　　推勘屠紳的用意，一者含沙射影，可結合時事，抒發見解
感慨；再者可模糊眞相，以免觸犯禁忌，罹陷文網；且巧妙地利
用文字的形近、諧音、衍義等原理，影射人物地名，藉以諷史刺
事，亦是炫耀文才的方式之一。

　　再從《蟫史》的版式，來察看屠紳的欲獨樹一幟的用心。
《蟫史》爲屠紳在世時所出版，有一百二十四幅繡像，分上下二
卷，數量之多爲古典小說之冠。從來小說中，極少有作者將自己
的繡相刊印於書首的❸，《蟫史》的第一幅繡像，卻是作者「磊
砢山房主人」，亦即是屠紳本人，故其雖然未簽署眞名，但炫才
露己的用心是昭然若揭了。

　　此外，第六十二幅的「虞山衛峻天」，及第一百二十四幅
的「姑蘇遇清氏」，可能是刻工或書店老闆。第六十三幅的「琴
川愷仙氏」，則是圖寫一百二十四幅繡像者。將作者、畫者、刻
工或書店老闆列入小說繡像中，在小說的版式上，都是獨一無貳
的創舉。《蟫史》這些特異的版式設計，都是屠紳異於一般小說
作者的創意。

　　而二十卷、十七萬三千餘言的長篇文言小說《蟫史》，雖

---

❸　古典小說中順治原刊本《續金瓶梅》〔即「傅藏本」〕首創將小說作
　　者丁耀亢之畫像刊入書中。其餘僅「磊砢山房原本」的《蟫史》；及
　　嘉慶年間「濤音書屋刊本」的《瑤華傳》

承襲六朝、唐宋文言短篇，元明文言中篇等一脈演化而來，但以篇幅而言，仍是「空前」之作，因小說史中僅此一文言長篇，再無同等或相類之作了。奮力創作前所未有的文言長篇小說，則屠紳炫耀文才的意圖更是明顯可知。

屠紳雖是以文言文創作《蟫史》，但在其體例中卻呈現白話長篇與文言短篇相混雜的情況。如其捨棄了一般白話長篇分卷分回，或僅分回的方式，改成分卷不分回。不採用白話長篇通用的雙句對偶回目，換成每卷僅單句的標題，類似短篇小說的篇名。但其奇數卷和偶數卷的卷目，卻兩兩對仗，與長篇雙句回目又有部份類似。全書雖是文言文創作，但行文中所夾雜的大量俚歌、俗曲，咒語、偈語、童謠、讖言等，卻又非常白話。

《蟫史》的每卷卷頭贊語，大都以駢文為之；卷末附詩，則為七律，二者皆隱括整卷內容，除了對情節有提綱挈領之效外，屠紳仍一如本衷，極力藻飾，恣意用典，藉此展現其文采及議論。

再者，《蟫史》二十卷的卷末詮語，雖分署二十名撰者，但事實上皆是屠紳化名所為。其內容則侈談陰陽五行，文史掌故，性命卜筮，天文地理等等。目的亦在於展現其博學多聞，才高藝眾罷了。

文言小說，文字運用大抵走明曉通暢的路線為主。屠紳《蟫史》則不然，刻意採用詰屈拗折的文言文創作，怪詞、僻字滿幅之外，又大量使用生典，故意扭曲文氣，以營造生硬隱晦，艱澀古奧的氣氛，使整部小說呈現逋峭淵奧的風貌。魯迅言屠紳「特緣勉造硬語，力擬古書，成詰屈之文」，實是定評。

然而《蟫史》在逋峭古奧的文言文中，卻夾雜著典麗絢采

的駢體文，以應用在敘事、抒情、描物、書信表奏，尤其是人物的對話上。雖然駢文儷辭用在人物對話，有矯揉造作的缺失，降低了角色聲情笑貌的生動性，是《蟫史》的一大缺失，但一心一意炫文耀才的屠紳，顯然是不顧及此的。

《蟫史》二十卷中，約有七十餘封應用文書。平均每一卷中，即將近有四封，數量之多，在古典小說中極是罕見。屠紳似乎刻意將各類應用文書，在《蟫史》中，做各種技巧的展現與嘗試，藉此炫耀其文才。

《蟫史》中的詩作數量龐大，且近體、古體、集句、聯吟皆備。屠紳炫耀詩才的方式，與一般傳統小說類近。多刻意創設情節，藉由人物角色的獨吟、唱和、共詠、或聯句等，來羅列詩作。

屠紳善度曲吹笙，故《蟫史》中有為數不少較具文學價值的歌行曲辭。其中有屠紳自撰或模仿者，但亦有錄自民歌俚曲者。前者自然是屠紳在展現文采，後者則以炫耀博聞廣取為主。

二、庋藏博聞、炫耀多藝

《蟫史》的內容充斥著妖魔神鬼的幻想，妖魔神鬼的描寫既多，則通魔法、善仙術的正反派角色亦多至不能盡數，因此祝咒、偈語時時出現於正文中。《蟫史》的「祝咒」、「偈語」，句式變化頗大，篇幅長短不一。一般神魔靈怪小說，雖不乏念咒施法及唸「偈語」的情節，但如《蟫史》般鉅細靡遺地寫出多種「祝咒」、「偈語」的並不常見。綜合觀之，大抵屠紳是配合小

說情節來自創「祝咒」、「偈語」，而非套用自道書、佛經。但是，《蟫史》祝咒語、偈語，平順可解者極少，大多數都夾雜著陰陽五行及方術的專門術語。怪詞怪字滿篇，詰屈聱牙，艱澀異常，幾乎不能卒讀。完全不理會小說的通俗性，此是屠紳創作《蟫史》的一貫作風；且將祝咒、偈語大量的寫進《蟫史》中，正可炫耀其對傳統方術的熟稔，並增添了小說光怪陸離的神秘氣氛。

　　《蟫史》的文字遊戲極多，類型變化繁複。推溯屠紳的目的，除了企圖增添小說的趣味性之外，仍是假借多采多姿的文字遊戲，如：幽默風趣的酒令；質樸俚俗，圖樣奇特的璇璣迴文詩；及屠紳自創借小說以保存的牌戲「四靈圖」等等，皆顯示其博聞多藝，並表現其對文字的掌控及運用能力。其餘尚有天文星相、卜卦算命、風水勘輿、奇門遁甲……等內容，參雜於《蟫史》中，此雖是中國傳統小說常有的現像，但屠紳則是極力展現之。

三、傳奇述異

　　屠紳二十七歲起，即遠宦滇、粵。荒誕遠地的地理環境，最易引動幻想，靈異神奇的傳說，必極興盛，其民情風俗大異於中土。另廣州開港已久，與西洋諸國早有往來通商，異國的奇人異事，亦時有所聞。故記錄奇聞異事，理所當然的成為屠紳創作目的之一。故《蟫史》中記錄化解「火蜈蚣遶人頸」之療法；詳載苗疆製造及化解「象蟲」之法；又細言青、白、黃、黑、紅等「五色苗」的譜牒。前二者可能是屠紳長居滇、粵二十餘年，所聽到的奇聞異事；後者可能是漢族對少數民族，既感到陌生神祕，

又心存鄙視輕賤，故自編一套有關各部族的起源及衍化的傳說。

四、反映時事、諷刺人物

炫耀才學之外，《蟬史》又兼反映時事、諷刺人物。乾、嘉時期的重大兵禍，如：東南海寇之患，臺灣林爽文之變，乾、嘉苗亂，三省白蓮教之亂等等，屠紳皆採用作為《蟬史》題材。平林爽文戰役中，小說中隱約點出柴大紀冤死。平苗戰役中，指出福康安之驕奢、傅鼐之功業，及苗變起於「文官多貪、武吏多暴」之因果。三省教亂中，標示初期重用鄉勇卻無功之癥結，並提出若干平亂之道。征海寇之役中，則點出海寇與安南國勾結為亂之事實。因此屠紳的《蟬史》有助於了解乾、嘉時事，可與正史相映證、發明。

綜合以上所論，《蟬史》在小說史、社會史、文化史、清史各方面都有值得重視及參考的地方。

然而《蟬史》亦有一些內在的缺失。大體而言，屠紳創作《蟬史》有四大目的，也各有其若干成就。但因忽略小說藝術之要求，以致於四大目的雖有部份達成，但卻也衍生出許多缺失：

在炫文耀才方面，因《蟬史》文兼眾體，詩、詞、歌、賦、應用文書、古文、駢文等紛乘而出，致使文氣時時轉換，讀者不易適應，情節之聯貫性亦大受影響。再者屠紳以艱深古奧的文言文為主要創作文體，雖是炫耀文才之大膽嘗試，然而近十八萬字的文言文，無論作者之撰寫、讀者之閱讀，雙方負荷皆可謂沉重。而更甚者，屠紳又恣意走險怪路線，故行文遒峭拗折，艱僻聱牙；

再加上神魔靈怪之情節，複雜不堪的內容，易令閱者難以終篇。

在庋藏博聞、炫耀多藝方面，不可解讀的隱語、謠讖、詩詞、贊文，在整本《蟫史》中，為數不少，嚴重阻礙讀者對故事情節之掌握，也大大斲傷小說的藝術美感。至於《四靈圖譜》，乃是屠紳自創的骨牌戲法，有意借《蟫史》以保存、流傳。但為炫才而在小說中記錄與作者思想、情感無關的雜戲，實不符小說藝術的要求。且既然有心要保存此種牌戲，理應平實詳盡地敘述其規則，可是屠紳虛實相雜的記錄方式，卻是讓「四靈圖譜」遊戲，難以明瞭及演練。

屠紳為傳奇述異，故邊陬景物、奇風異俗、靈異神魔之事、變幻詭奇之說，皆入《蟫史》中。火蜈蚣、象蠱、五苗譜牒只是其中較特殊者而已。固然屠紳的記載，提供了民俗史、社會史一些可參考的材料。但是，試將火蜈蚣、象蠱、五苗譜牒三大情節刪去，對前文後事卻幾乎無甚麼大影響。可見屠紳隨興安置不必要的情節，生吞活剝地傳奇述異，是《蟫史》嚴重的缺失。

《蟫史》的內容與乾、嘉時事緊密相關，其批判人物、諷刺史事，可作為正史的參考，固然是《蟫史》頗值得重視之處。但是，屠紳的寫作技法是：「驅牛鬼蛇神於實錄中」（小停道人〈《蟫史》序〉）。唯因驅了太多的「牛鬼蛇神」，致使「實錄」的效果大打折扣。換言之，即是屠紳在諷刺時事、批判人物時，因內容參雜太多靈怪神魔，以致於喧賓奪主，遮掩時事真相，模糊了所影射的人物，也消減了諷刺、批判的聲音。

除此之外，《蟫史》尚有下列數項缺點：一、人物雜遝，重要角色，的塑形乏善可陳；次要角色則旋生旋滅，可謂紊亂不

堪。二、故事情節又暴起暴落，敘事粗疏紊亂，令人難以理解。
三、全書結構鬆散，漫無章法，難有脈絡條理可循。四、內容充
滿妖鬼神魔，奇事異說，但徒有迂怪荒誕的感覺，而無發人深思
的力量。五、思想議論，如「文臣不愛錢，始能惜命；武臣不惜
命，亦許愛錢」等（《蟬史》卷一），難免膚淺。且《蟬史》中，
充滿自尊自大的大漢族主義，將苗民比喻成「褌中之虱」、「牆
下之螳」（卷五），以汗垢、魚骨為生，漢族可天經地義地大行
殺戮，使無餘類。此對少數民族是何等不敬及殘忍。

因此，以小說藝術的觀點，來檢視《蟬史》，則缺點多多，
可謂「殊不足以成藝文」❹。換言之，屠紳撰《蟬史》，乃為炫
才而炫才，全不顧小說藝術要求，比起《鏡花緣》、《野叟曝言》、
《燕山外史》等才學小說，其炫才的情況已屆走火入魔，可說是
四本中藝術成就最低者。

---

❹ 套用魯迅評《野叟曝言》之語。（《中國小說史略》第二十五篇）

《燕山外史》作者陳球評傳

　　魯迅《中國小說史略》將《燕山外史》歸爲「清之以小說
見才學者」；且因作者陳球通篇以排偶文體創作，遂又細分其爲
「欲于小說見其才藻之美者」。魯迅的分類定位，確可指出《燕
山外史》的文學特色。

　　中國古代小說多以散文創作居多，其間雖不乏雜有駢辭儷
句者，但通篇純以駢文書寫的中長篇則極爲罕見。《燕山外史》
共三萬一千餘言（無標點符號，亦不包括註釋）典故繁複、屬對精
練又雕辭鏤句的駢體文，能有此大手筆，實屬不易，故頗受文人
喜愛，常作爲撰文作詩的範本；並且傳至日本，重新刊刻訓解而
廣爲流行。

　　作者陳球，浙江嘉興秀水諸生，嘉慶年間人，《清史稿》
中無傳，確切的生卒年亦不詳，生平資料頗爲貧乏。僅能就地方
志、《燕山外史》文本、各家〈題詞〉，及《燈窗瑣話》等零星
資料，探究其生平。

　　據《嘉興府志》卷八十二〈經籍志·子部·小說家〉載：
「陳球，《燕山外史》八卷」；卷五十三〈秀水藝術〉篇載：

　　　陳球，字蘊齋，諸生。家貧以賣畫自給。工駢儷，喜傳

奇。嘗取明‧馮祭酒夢禎敘實生事，演成《燕山外史》。
事屬野稗，才華淹博。《墨香居畫識》稱其善山水。

足見陳球乃是鬱鬱不得志的秀才，賴賣畫爲生，因愛好傳奇小說，
又工於駢儷文字，故敷演明朝馮夢禎的《寶生傳》而創作《燕山
外史》。此是地方志中有關陳球的基本資料。

《燕山外史‧題詞》秀水‧姚驤云：「詩中有畫畫中詩，
非畫非詩筆更奇」註云：「蘊齋長於詩畫。」

再者，清‧于源的《燈窗瑣話》載：

> 陳蘊齋先生球，居郡中瓶山之側，自號一簣山樵。性豪
> 邁，耽酒，工畫。嘗寓西湖，遇雨則著屐出遊，徘徊山
> 麓間，終日不去。人笑其痴，蘊齋云：「此即天然畫稿
> 也，勉向故紙堆中覓生活耳！」。詩品淡逸如其畫。

由上，可知陳球工畫善詩，率眞灑脫，追求唯美。而由其浪漫、
唯美之個性，則不難推知其何以鍾情於駢文，及何以致力於《燕
山外史》之寫作了。

陳球畫作果眞「淡逸」否？因畫作未見存者，無法探究其
詳。至於其詩風如何？《燈窗瑣話》載有其詩五首，第一首七律
爲謝人贈酒詩❶；後四首七絕則寫喜枯竹逢生。觀此五首詩，文

---

❶ 立夏前一日，謝吳生鈞璜惠酒云：
連天風雨妒芳辰，無限鶯花付劫塵。眼底難留春一日，杯中莫厭酒千
巡。辱君何事憐吟客，許我今朝作醉人。櫻筍筵開新節換，酡顏倒卻
老頭巾。

辭清新，不事藻繪，確有「淡逸」之風格。其與駢四儷六，繁文
縟采的《燕山外史》差別甚大。

木刻本《燕山外史》正文前，有胡文銓（字雪峰，大興人）贈
陳球之〈題詞〉云：「……三萬言難遣，十千酒屢沽。情多終自
累，才大有誰俱？」下有自注云：

> 辛酉歲（嘉慶六年，1801）余以事至禾（案：即秀水縣），蘊
> 齋爲居停主人，知其落落寡交，家貧，以賣畫自給酒食，
> 恬如也。

除可再次證明《燕山外史》爲陳球所撰無誤之外；又說明其落拓、
鬻畫、耽酒、才高、皆是事實。

《燕山外史》書末陳球敘述自己的生平際遇：

> 球十年作賦，傷舊業之荒蕪；三徑論交，恨同儕之寥弱。
> 學詩學劍，百事蹉跎；呼馬呼牛，半生潦倒。兼之路企
> 羊腸，雄心久耗；年加馬齒，壯志都灰。骨至消餘，見
> 蠅飛而神悚；膽從破後，聞蟻鬥而魂驚。嗟乎！桓溫已
> 逝，孰許猖狂；嚴武未逢，誰容傲岸？誰知囊內金俱全，
> 任教鄧禹笑人。還喜樽中酒亦空，免使灌夫罵客。（卷八）

可知陳球確有仕途無望，知交零落，貧苦潦倒，又無人拔
識的悲苦。

葉蔚在《燕山外史·題詞》中，云陳球「少作經生老畫師，

中年落魄著新詞」可大略推知陳球少、中、晚三階段的人生。蓋其年少時，不免俗地著意於科舉功名；晚年則鬻畫渡日。中年時，因「百事蹉跎」「半生潦倒」「雄心久耗」「壯志都灰」，故創作《燕山外史》以炫才寄慨。因此，《燕山外史》是陳球中年失意之作，是無可置疑的。

至於《燕山外史》成書於何時？木刻本所附吳展成〈序〉文中云：

> 《燕山外史》一編，陳君蘊齋所作也。……蘊齋介其小阮哇春示余，且囑余弁言其首。……嘉慶辛未仲冬，古橫塘螟巢居士吳展成拜手題。

據此，可推知本書最晚成於嘉慶辛未年（十六年，1811）仲冬十一月之前。

此外，木刻本又附載署名呂清泰的一篇重要〈序〉文，此篇序文有三處值得注意：

一、是陳球在己未年（嘉慶四年，1799）秋天，已向呂清泰索求題詞；且呂氏也已詳細閱讀過《燕山外史》全書。

二、是呂氏〈序〉文的寫定，是在辛未年涂月，即嘉慶十六年（1811）十二月間，比起吳展成的〈序〉，約晚一個月。

三、是呂清泰言其初讀《燕山外史》時，雖感覺有「如入莊嚴法會」之妙；但是「語言文字而猶著色相」是美中不足處。但「迄今（嘉慶十六年冬）觀之」，已經「成

不可思議功德」。

統合以上三點，可推知《燕山外史》的初稿，應在嘉慶四年秋之前寫畢；後經陳球修飾改訂，於嘉慶十六年十一月前完成。付梓時間可能是同年十二月。

現存《燕山外史》重要的版本爲：《天津圖書館館藏善本目錄》所著錄嘉慶十六年（1811）「三陋居」書坊所刻的《燕山外史》八卷本；臺北·中央研究院傅斯年圖書館藏，嘉慶十六年（1811）序木刻活字二卷本，（下文簡稱爲木刻本）；日本明治十一年（光緒四年，1878）大鄉穆氏訓點的排印本二卷本（筆者購自東京山田書局）；光緒五年（1879）廣益書局傅聲谷最早注釋石印八卷本；及光緒三十二年（1906）海左書局、三十三年（1907）上海書局翻刻的注釋石印八卷本；光緒三十二年，上海江左書局，及一九一四年，醉經堂書莊等，則爲石印二卷本

陳球創作《燕山外史》之目的大略有二，主要是「炫耀才藻」，其次是「略寄感慨」。茲分述於下：

本書〈凡例〉第一條，陳球云：

> 史體從無以四六成文，自我作古。極知僭妄，無所逃罪。第託於稗乘，常希末減。

蓋此「史體」，乃指稗官野史之作。魯迅據此條〈凡例〉批評陳球「蓋未見張鷟《遊仙窟》，遂自以爲獨創矣！」

魯迅之評固然無誤，不過張鷟《遊仙窟》中土久佚，絕不見於記載，至清末楊守敬《日本訪書志》卷八方有著錄。故乾嘉

時期的陳球不知《遊仙窟》，乃是必然之事。正因陳球以爲自古以來，無人以駢文撰寫小說，故爲前人所未爲，撰此三萬一千餘言的《燕山外史》，以炫耀才藻。

至於陳球如何藉《燕山外史》以展現才藻？可從《燕山外史》的故事選材、駢文運用兩方面加以探討：

《嘉興府志》載：「（陳球）嘗取明馮祭酒夢禎敍竇生事，演成《燕山外史》」（卷五十三）。陳球〈凡例〉亦自云偶而聽座中客言及竇生故事；繼而閱讀馮夢禎所撰的《竇生傳》遂「取傳中節略，敷衍成文，聊資談助。」

陳球何以不選其他小說，而獨屬意於《竇生傳》？除了〈凡例〉所云的因緣際會、視聽所及，而引起其注意之外，應還有下列理由：

（一）同鄉先賢所著作：

馮夢禎生平詳見《嘉興府志》卷五十二〈秀水列傳〉。以馮夢禎的宦海浮沈、氣格不凡及士子景仰諸事看來，其生平在秀水一帶，應是流佈頗廣、知者甚眾的「前賢事蹟」。故無論陳球是否眞的由座中客閒談中得知竇生事，其對於同是秀水人的馮夢禎，應具有異於常人的「同鄉情誼」才是。且馮官編修，歷任祭酒，呵護獎掖諸生備至。應令身爲諸生，自許甚高，卻無人提拔而終身貧困潦倒的陳球景仰不已。故此應是陳球挑選《竇生傳》爲《燕山外史》基本故事題材的原因之一。

（二）情節曲折多變，利於舖陳發揮：

　　馮夢禎所撰的《竇生傳》，乃是典型的才子佳人小說，不脫因緣巧遇、相互鍾情，而嚴父反對、小人作梗，以致好事多磨，但終以有情人必成美眷收場的窠臼。然而此傳竇生與愛姑七度聚散離合。有嚴父、悍妻、齷商、妓鴇、妖婦、權貴等人迫使其分離；又有俠客、女尼、孀婦等幫助其團圓。情節極盡曲折，頗超越一般的才子佳人小說。凡內容複雜多變的短篇小說，最利於改寫成長篇。因作者舖陳發揮時，既有基本架構可依循；又無細膩描述以羈絆束縛。故陳球選《竇生傳》爲《燕山外史》爲故事題材，應是著眼於此。

（三）文辭質樸，易於添枝增葉

　　馮夢禎《竇生傳》，雖情節曲折、內容豐富，然文辭十分質樸，幾乎僅有骨架而無血肉。即因其文字缺乏藻飾，故陳球敷寫原故事時，得以縱筆馳騁，展現其文藻才思，以達其藻繪雕鏤《燕山外史》的目的。

　　傳統小說向以人物、情節爲重，能推陳出新者，方能突顯作者之才情；且吸引大眾之注意。凡盜用、因襲前人舊作者，大抵藏之、諱之唯恐不及，何敢直接言明，自曝其短？然而，陳球不僅在〈凡例〉中，明確表示《燕山外史》乃根據《竇生傳》敷演而來；付梓時，又將《竇生傳》附於《燕山外史》正文之前，以供讀者參考比較。此在小說史上，可謂絕無僅有之事。由此亦可看出陳球創作《燕山外史》，非以情節故事、人物塑造爲重；

而是套用敷演大家耳熟能詳的故事，再極力馳騁其雕繪藻飾之文才，希望讀者將注意力集中於小說的駢文儷句上罷了。

再者，何以陳球選擇駢文文體撰寫《燕山外史》以炫耀才藻？此與其宿學積習有關。〈凡例〉第二條云：

> 球在總角時，即喜讀六朝諸體；長於本朝諸四六家，尤所研究。……

《嘉興府志》又載陳球「工駢儷，喜傳奇」。因此，陳球除了受六朝駢文、清初駢文大家影響之外；小說系統的駢文應用，應該也影響陳球的創作。匯合二者的駢儷技巧，浸漬一深，遂以駢四儷六的文體創作了三萬一千多言的《燕山外史》。

陳球創作《燕山外史》的目的之二是「略寄感慨」，如：諷刺試官無能，不拔眞才。指斥庸官貪吏、怯將懦兵及土豪劣紳等。是故吳展成序《燕山外史》云：「殆有得之興、觀、群、怨之旨歟！」日·大鄉穆氏〈題詞〉云：「而一章一段，未嘗不有譏諷，此豈蘊齋氏得古詩國風之遺音，而特以文行者歟！」戴咸弼序傅聲谷註釋本言：「余讀君自敘，述一簣山樵著書之旨，反覆辨論，以爲有所規諷而作。其信然矣！」陳球諸友之〈題詞〉亦多言《燕山外史》頗富絃外之音、意外之言。是故《燕山外史》雖通篇雕文鏤采，但並非只是舞文弄墨，吟風頌月而無比興諷諭的才子佳人小說而已。

炫耀才藻──「效六朝體，成一家言」（卷一）爲陳球創作《燕山外史》的最主要目的。而在中國小說史上，通篇純以駢文

儷辭撰寫的小說並未見,《燕山外史》三萬一千多言的中篇,的確是空前之作。無怪乎此書初成,即備受朋儕的推崇。木刻本所附二十八首〈題詞〉中,幾乎首首讚美陳球之文才辭藻。

陳球的文才辭藻,不只受到當時士子的讚賞而已。由《燕山外史》八卷本、二卷本兩大系統的並行;及傳世諸版本的眾多,亦可看出此書的盛行概況;何況其又傳至日本,廣受歡迎,書肆遂在光緒四年 (1878) 春出資翻刻此書。大鄉穆氏不只為其訓點,又在書前〈題詞〉中讚美此部駢文小說:

> 余不好小說,然其言往往可取而味焉!若陳蘊齋是編,
> 起始艷冶而終歸素樸,中間波瀾橫出,萬象森羅。……
> 余繙而閱讀,日涉意獵,不覺其體駢四儷六也。

可見一般人認為不易閱讀的駢文,竟能以小說的體裁,在日本廣為流行;日本文士甚至言其明暢通曉,「不覺得其駢四儷六也」。這是陳球寫作上的成功處。

也因《燕山外史》的流行,光緒五年 (1879) ,傅聲谷方為其作註,自此更加強其影響力。臺灣詩壇耆宿李步雲 (1894—1995) 云:「民國初年鴛鴦蝴蝶派小說,在臺灣少有人知。……當時的臺灣詩人,對《燕山外史》、《平山冷燕》、《花月痕》等小說較有興趣。」❷又言其與詩社盟友自幼多背誦《燕山外史》之駢

---

❷ 詳參林天祥〈詩心舊事——專訪李步雲先生〉(《中國文哲研究通訊・學人介紹》第一卷第四期,臺北・中央研究院文哲所印行,1993年,頁115至125)

文儷句，以爲賦詩撰文之根柢❸。家先祖父王諱貴（1879－1969）喜作詩，亦珍藏《燕山外史》光緒五年廣益書局石印註釋初刻本；及光緒三十二年上洋海左書局石印註釋本。故民初《燕山外史》已頗受臺灣詩界之推崇。

一九一三年，徐枕亞出版《玉梨魂》。此部十萬言，以駢文爲主之長篇小說，轟動民初文壇。遂使「鴛鴦蝴蝶派」小說中，以駢文儷辭寫才子佳人之作品，如雨後春筍般出現。其中又以吳雙熱的《孽鴛鏡》、《蘭娘哀史》、《斷腸花》；李定夷之《霣玉怨》、《茜窗淚影》、《鴛湖潮》等最著名。此類作品，無論在形式、內容上，都頗受《燕山外史》之影響。

故以駢文創作小說，陳球的《燕山外史》可說是一個「成功」的範例。然其「成功」處，不在小說的故事情節、人物特色；竟在於其文采辭藻。但無疑的此也符合了陳球炫耀才藻的本衷。

若以小說藝術觀之，通篇駢儷的《燕山外史》，固然有其缺失。因對偶精工、典故繁夥、辭藻華麗、聲律諧美的駢文，運用於小說中，倘不過量，確可增加形式、聲律及內容含蓄之美。但是三萬一千餘字的長篇，從頭至尾都是對偶聯句，形式一成不變，殊乏轉折起伏、抑揚頓挫之美，實容易導致閱讀者的倦怠；且字字句句幾乎都有典故，對一般讀者而言，亦是一大負擔。故魯迅評騭其「語必四六，隨處拘牽；狀物敘情，俱失生氣。」確是實情。

---

❸　李步雲老先生之次孫李筱峰先生，與筆者同任教於臺北・世新大學。應筆者之請託，於1992年10月，代詢於李老先生。

　　再者，陳球的敘述方式，從頭至尾皆採用「全知觀點」，內容情節平鋪直述而已；對於關目之設置、針線之埋伏、倒敘、伏筆等小說技巧，幾乎全數闕如。故在文學藝術上，《燕山外史》除了文采可取之外，其餘實乏善可陳。尤其三萬一千餘言的內容中，竟然無任何一句人物對話，既無人物對話，則角色間的個性差異，頗難生動表達，此又是《燕山外史》的一大缺憾。

　　總體而言，《燕山外史》在炫耀駢文辭藻方面是成功了；但是在小說藝術上卻是失敗的。失敗之主因，乃基於駢文先天的限制，非全然是陳球才器之不足。因以人爲主體的小說創作，駢文實遠不如散文通暢自然；文言亦難超越白話之生動靈巧故也。

妄續新篇愧昔賢

——《續鏡花緣》研究

前　言

　　大凡一書風行，成爲名著之後，後人往往續補其內容，或
重新改寫其情節。此種以舊題加以「續作」、「新作」的風氣，
由來已久，中外古今皆然，而中國古典小說尤多。例如：治逸所
撰的《七俠五義》續書，由貳續以至十五續，計有十四部之多。
不題撰人的《施公案》有《施公案後傳》、《三續施公案》到「九
續」、「全續」，共十部。題《新水滸》的，有三種❶；《紅樓
夢》之續作、新作則更多❷。

----

❶　三本《新水滸》之作者及回數分別是：冡鏡盧主所著《新水滸》，二
　　回；西冷冬青所著《新水滸》，二十八回；陸士諤所著《新水滸》，
　　五卷二十四回。

❷　《紅樓夢》之續作、新作，較知名者有：花月癡人的《紅樓幻夢》二
　　十四回、不知撰人的《紅樓拾夢平話》一百卷、小和三樵南陽氏之《紅
　　樓復夢》一百回、夢夢先生所著《紅樓圓夢》三十回、歸鋤子《紅樓
　　夢補》四十八回、贋叟所著《紅樓夢逸編》、雲槎外史的《紅樓夢影》、

　　清代《野叟曝言》、《蟫史》、《鏡花緣》、《燕山外史》並稱四大才學小說。其中《鏡花緣》的續作及新作有三部：題《新鏡花緣》者有二部，一為嘯廬所著，共十四回❸；另一為蕭然郁生所著，為十二回❹。嘯廬之《新鏡花緣》，以「小說家言多駁而不純，而言情諸作為尤甚」，於是「恒思起而矯正之」；且欲藉由小說「喚醒癡人；喚醒拋荒國粹，醉心歐化的人」❺。其內容、人物、情節，思想，與李汝珍之《鏡花緣》，已經毫無關涉。而蕭然郁生所著之《新鏡花緣》，雖襲用了原書多九公、林之洋等主要角色，及出洋貿易探險的基本情節，但其主旨在於批判、反對甚至醜化清季的維新運動，與李汝珍的《鏡花緣》也南轅北轍了。

　　是故二本《新鏡花緣》，是新作而非續作。真正續作的，乃是華琴珊的《續鏡花緣》，然而此書未能風行；亦從未獲得學

蒙古作家尹湛納希《夢紅樓夢》、秦子忱、海圃主人分別著有《續紅樓夢》三十回、四十卷。南武野蠻、老少年分別著有《新石頭記》十回、四十回；琅嬛山樵所著《增補紅樓夢》三十二回。另有《紅樓再夢》、《紅樓後夢》、《紅樓重夢》、《紅樓綺夢》、《紅樓演夢》今皆亡佚未見。（詳參《紅樓夢大辭典》頁968—977　北京·文化藝術出版社　1990年1月初版）

❸　光緒三十四年（1908）四月上海新世界小說社鉛印本，上海鴻文書局發行。

❹　《新鏡花緣》十二回，作者署名「蕭然郁生」。載於光緒三十三年（1907）《月月小說》九號至二十三號。

❺　引文見原書正文前所附著者於光緒三十四年二月所撰之〈《新鏡花緣》作意述略〉一文。

者青睞，著專文論之❻。故本文擬探討《續鏡花緣》的作者、版本、續作之緣由、續補及新創之內容、內蘊之思想，及各種文學藝術上之缺失等，冀能對此書有全面且持平的了解。

一、作者與鈔本

《續鏡花緣》一書正文前有作者之〈自序〉，文末署曰：

> 宣統二年，歲在上章閹茂辜月長至日，古滬醉花生琴珊氏弁言於竹風梧月軒。

由此可知此篇〈自序〉撰於宣統二年庚戌（1910）陰曆十一月二十二的冬至日❼。而《續鏡花緣》的成書時間，必不晚於此時。作者乃上海人氏，名琴珊，醉花生應是其號。

書前除了作者的〈自序〉外，尚附有同年仲冬胡宗塏所撰之〈《續鏡花緣》全編序〉，云作者「醉花生華君者，春申浦上

---

❻ 《續鏡花緣》一書，至目前尚無學者發表論文探討之。僅1992年書目文獻出版社印行北京圖書館所藏《續鏡花緣》手鈔本時，正文前附有薛英先生所寫〈《續鏡花緣》出版說明〉，有約略簡介本書，文長約一千餘字。

❼ 《爾雅‧釋天》：「太歲在庚曰『上章』」；「太歲在戌曰『閹茂』」；「十一月為『辜』」；《太平御覽‧時序部‧冬至》：「後魏崔浩《女儀》曰：『近古婦人，常以冬至日，上履襪於舅姑，踐長至之義也。』」又：查黃曆推算得知，宣統二年之冬至日為戊子月壬戌日，即陰曆之十一月二十二日。

知名士也。」可知「華」爲作者之姓。另附宣統三年（1911）孟春上旬顧學鵬之〈序〉，則直指其全名：「華琴珊先生，海上名士也。……辛亥春日，以所著《鏡花緣》續集見視。」故本書作者爲上海‧華琴珊無疑，唯其生平已難考，僅能從三篇序文中，約略推得一二。顧〈序〉曰：

> 華琴珊先生……槐黃十度，有志未償。閉門著書，不問世事。讀經餘暇，則肆筆爲文。飲酒微醺，則吟詩寄志。而凡齊諧誌怪、山海石經，下至稗官野史，旁及巾幗英雄，亦無不命彼管城，供我揮寫。蓋文人之筆，固無所不可；而憤世之志，亦藉以發舒也。

胡〈序〉描述華琴珊：

> 秉性豪邁，放懷詩酒，落拓不羈。詩賦策論雜著，各擅勝場，尤工制藝。棘闈屢薦，終不獲售。及科舉既廢，遂絕意功名。人皆別尋門徑，而華君獨淡如也。生平好學不倦，博覽群書，經史子集而外，雖稗官野史，小說家言，亦靡不寓目焉。

由二〈序〉可知華琴珊個性豪邁，縱情詩酒，博學多識；雖善長詩賦策論、八股制藝等，卻是十度落榜❽。光緒三十一年

---

❽ 《書言故事‧科第類》：「槐黃：科舉近謂槐黃逼眼」案：科舉時代，陰曆七月舉行考試，正槐黃時。顧〈序〉華琴珊槐黃十度，有志未償，即指明華氏十度落榜。

（1905）廢科舉之後，絕意功名，著書遣懷舒忿。無怪乎華氏在
〈自序〉中有：「僕生不逢時，有志未逮。」之感歎。

胡〈序〉又云華氏撰寫《續鏡花緣》：

> 閱兩月而告成功，予服其才，且驚其速，盡美矣又盡善
> 也。方諸古之倚馬萬言，可立而待者，亦蔑以加茲。誰
> 謂古今人不相及哉！

以上雖有溢美之辭（詳下文），但可確知一事，即華琴珊只用了
短短兩個月的時間，即撰成《續鏡花緣》四十回，不可不謂快筆。
據此推知其下筆創作，應是在宣統二年九月中旬左右。華琴珊未
見有其他著作傳世，撰寫此書時，業已考了三十年科舉，經歷十
度鄉試的落榜，年齡當在五十歲以上，故《續鏡花緣》應是其晚
年之作品。

　　《續鏡花緣》撰成後，未見版本流傳，可能從未付梓。今
所見為手鈔本。鈔本扉頁顧〈序〉之首行及小說正文第一頁，蓋
有「周越然」印章，可知曾經過周氏的收藏。案：周越然為知名
藏書家，所著《版本與書籍》的〈稀見小說五十種〉❾，記其「近
十年」所收「清末民初小說之不見孫目者」，其中第二組之十，
即列有《續鏡花緣》。此文署民國三十二年寫。故知周越然收藏
此鈔本，應是在民國二十三至三十二年間（1934—1943）。

　　後來此鈔本，轉藏於北京圖書館中。館方編輯出版《北京

---

❾　周越然所著《版本與書籍》，上海，知行出版社，民國34年初版。

圖書館稿本、鈔本叢刊》時，交付北京「書目文獻出版社」，於
1992 年 10 月影印發行。即是今日之通行本❿。

此手鈔本共四十回。書前所附顧〈序〉爲行書；胡〈序〉、
〈自序〉、回目、及四十回正文四部份，則以工整俊秀之楷書鈔
寫；且是同一人之筆跡。至於是否爲作者稿本，因缺乏他本比對，
故甚難斷定。

二、續作緣由

上文已提及，考場屢躓，有志未償；加上科舉被廢，絕意
功名，故著書以遣懷舒忿，此是華琴珊創作《續鏡花緣》的緣由
之一。再據〈自序〉所言：「雨窗悶坐，長日無聊，酒後茶餘，
藉管城子，以破岑寂云爾！」可知閒居無聊，藉撰寫小說以打發
岑寂，亦是其創作之導因。

然而華琴珊爲何唯獨鍾情於《鏡花緣》，搦筆和墨爲其撰
寫續書呢？其《續鏡花緣》首回開頭即明言：

> 國朝李君松石，所撰《鏡花緣》一百回，繁徵博引，感
> 慨蒼涼，妙緒環生，奇觀迭出。惜全影難求，事僅得半。

〈自序〉亦云：

---

❿　本篇論文所引用的《續鏡花緣》的內容文字及回數、頁碼，皆跟據此
　　版本　。

襄閱《鏡花緣》一書，於稗官野史之中，別開生面，嬉
笑怒罵，觸處皆成文章。雖曰無稽之談，亦寓勸懲之意，
不可謂非錦心繡口之文也。惜全豹未窺，美猶有憾。周
咨博訪，垂數十年，卒不可得。用是不揣固陋，妄自續
貂。

可見華氏對《鏡花緣》一書極為肯定，推崇其為錦心繡口
之文；但是卻因為未能窺得「全豹」，頗有遺憾，且周咨博訪近
數十年，仍不可得，遂起意續作，以補缺憾。

然而，李汝珍所撰之《鏡花緣》，篇長已達一百回，是否
真的是全影難求的未竟之作？案：《鏡花緣》末回，李汝珍自道：

讀了些四庫奇書，享了些半生清福。心有餘閒，涉筆成
趣，每於長夏餘冬，燈前月下，以文為戲，年復一年，
編出這《鏡花緣》一百回，而僅得其事之半。其友……
因說道：「子之性既懶而筆又遲，欲脫全稿，不卜何時，
何不以此一百回先付梨棗。再撰續編，使四海知音以先
睹其半為快耶？」……

可見《鏡花緣》雖然「消磨了三十年層層心血」（《鏡花緣》末回
之語），篇幅亦長至百回，但在李汝珍的創作規畫中，卻是「僅
得其事之半」的半部作品而已。其聽從朋友的建議，先將此「半
部」《鏡花緣》付梓，在書末結束語也明言：「鏡光能照真才子，
花樣全翻舊稗官。若要曉得這鏡中全影，且待後緣。」，可見李

汝珍有「再撰續編」的打算，但是畢竟事與願違，終其一生，續書付之闕如。因原作者未寫續書，故引動華琴珊撰寫《續鏡花緣》的意念。

然而，促使華氏將抽象的續作意念，化為具體的寫作行動的，則是友朋對其文才的肯定與續作觀念的支持。據胡〈序〉載：

> 華君曾與予言曰：「施耐庵之《水滸傳》可不續，而村學究偏欲續之；王實甫之《西廂記》可不續，而續之者有人；曹雪芹之《紅樓夢》可不續，而《紅樓夢》之續書多至十有餘種。李松石之《鏡花緣》明是半部，有不容不續之勢，而續《鏡花緣》者，竟未之見。」予因謂華君曰：「吾子宏才海富，何勿出其餘緒，而續後半部《鏡花緣》，使後之讀是書者，暢然沸志，幸全豹之得窺。亦一快事也」。華君曰：「諾」。迺就李君未宣之餘蘊，……續成四十回……閱兩月而告成功。

可見最後是好友胡宗堉的鼓勵與慫恿，促成華氏以短短兩個月的時間完成《續鏡花緣》。

三、《續鏡花緣》的內容

華琴珊在〈自序〉中云《續鏡花緣》的內容、主旨，在於：

> 就李君書中未竟之緒，參以己意。縱筆所之工拙，奚暇

計哉！名之曰《續鏡花緣》，欲其有始有卒也。宗旨仍
舊，首尾相聯，使眾仙同歸仙境，不至久溷塵凡，區區
微意之所在也。

可見華氏《續鏡花緣》的創作目的，在於承襲《鏡花緣》的舊有
宗旨；創作的方式是針對李汝珍的「未竟之緒」，再「參以己意」，
來續補內容，期使情節首尾相聯，有始有卒。而「眾仙同歸仙境」
是作者執意佈下的圓滿結局。至於全書文筆的工拙，其暫不計較
了。

　　華氏認定是李汝珍的「未竟之緒」，而「參以己意」後所
補續的內容有那些？是否真的是《鏡花緣》未完的情節？有無遺
漏否？除此之外，華氏有無自創新意之處，其與李汝珍的創作宗
旨相近否？皆是值得注意的問題。茲分述於下：

（一）針對原著「未竟之緒」，再「參以己意」所續補的內容

　　將《鏡花緣》與《續鏡花緣》比對，可得知華氏認定是李
汝珍的「未竟之緒」而「參以己意」所續補的內容，大致有以下
數項：

1、針對「來歲仍開女試，重開紅文宴」所續補的內容

　　李汝珍《鏡花緣》末五回：駱承志、徐承志、文氏、章氏
兄弟等，起義反武太后，得眾仙子之助，歷經血戰，終於攻破「酒」
「色」「財」「氣」四關。遂會同張柬之等大臣，逼退太后，迎

中宗復位，斬張易之、張宗昌等。並上太后尊號爲則天大聖皇帝，大赦天下，諸臣序功進爵。

案：《鏡花緣》發展至此，情節大致上已首尾相銜，可是李汝珍卻在第一百回回末寫道：

> 過了幾時，太后病愈，又下一道懿旨，通行天下：來歲仍開女試，並命前科眾才女重赴紅文宴，預宴者另錫殊恩。此旨一下，早又轟動多少才女，這且按下慢慢交待。

可見這是李汝珍埋下的一條伏線，是將「一百回先付黎棗」之後，「再撰續編」時的主要情節之一。孰料李氏未再創作《鏡花緣》續集，以致此一「且按下慢慢交代」，竟成畫餅。

因此，華琴珊撰寫《續鏡花緣》時，即從此處下筆補續：一至四回中，先簡述《鏡花緣》概要；再述玄女、織女下凡降世的黃蕊珍及陸愛娟，參加朝廷第二次女試，雙雙連登郡試、部試、廷試之狀元、亞元；並與此期及前期登科之才女大聚紅文館，酬酢往來，相處甚歡。

又《鏡花緣》首回，魁星以「女像」現形，導引出女皇大開女試、百位才女登科及第的情節。在《續鏡花緣》結尾第四十回，華氏則讓眾仙歸位，魁星以「男像」出現，「原來兩次女試早已考畢，玄女黃蕊珍、織女陸愛娟二位仙姬，亦已歸位，從此不開女試，魁星亦復了本來面目。」以上皆是回映原作所續補的內容。

2、針對「宋素、文菘失蹤」所續補的内容

《鏡花緣》第九十九、一百回，述諸將或死或困於「才貝關」中，才女洛紅蕖等跪求諸仙，青女兒、玉女、紅孩兒、金童兒、百果仙子遂來相救，武六思逃亡，「才貝關」被攻破。至此，四大毒陣皆已擊破，故事情節也收煞，進入尾聲。不料，李汝珍又埋下一伏筆：

> 文芸把武六思家内查過，正要去拜謝眾仙，忽有軍校飛報：「那五位大仙未曾進關，忽然不見；連宋素、文菘二位公子，也不知何處去了。」文芸火速命人四處追尋，並無蹤影。（第一百回）

案：李汝珍創作《鏡花緣》，佈置之針線脈絡頗爲綿密，因此在全書最後一回，讓文菘、宋素連同五位仙子一起失蹤，應有其特殊目的，而非隨興之筆。然而，李氏既未作續書，亦難究其用心了。

據此，華琴珊在《續鏡花緣》第二至四回中，讓文菘、宋素身陷「才貝關」中，被百果仙子救出，渡往小蓬萊修行。唐敖指示其八月中秋，以「陳倉暗渡」之法，大破武三思、韋后之叛軍，迎立睿宗，因功分別受封爲「定唐王」、「晉王」。朝廷賜第造府。落成後，文芸爲媒，使定唐王娶黃蕊珍；晉王娶陸愛娟爲妻。

3、針對「三才女輔佐女兒國」所續補的內容

案：《鏡花緣》一書，本是李汝珍用來 1、「庋藏博學」
——音韻學、醫方藥劑、算學、物理學、經史之學、水利之學；
2、「炫耀多藝」——燈謎、迴文璇璣圖詩、鬥百草、酒令、六
壬術、祺藝、琴技、馬弔、雙陸、花湖、十湖、狀元籌、射箭、
劍舞、投壺、蹴鞠；3、「展現見識」——重視婦女問題、正面
批判世俗陋習、側面諷刺人性弱點；4、「顯露文才」——鎔鑄
文獻、別具文采、炫耀文藻等❶。簡言之，《鏡花緣》乃李汝珍
炫耀「才」、「學」、「識」、「藝」之作。

觀察上述《鏡花緣》的「才」、「學」、「識」、「藝」
各項，竟然缺乏治國經民的理想與方法，李汝珍未必沒有此種抱
負與能耐，應是「別有所待」，再詳加發揮吧！因為《鏡花緣》
第九十四回中，女兒國世子陰若花返國即位；枝蘭音、黎紅薇、
盧紫萱三人受封為護衛大臣。啟程之前，盧紫萱曾發下一段豪語：

> ……我同他們三位，或居天朝，或回本國，無非庸庸碌
> 碌，虛渡一生。今日忽奉太后敕旨，伴送若花姐姐回國，
> 正是千載難逢際遇。將來若花姐姐做了國王，我們同心
> 協力，各矢忠誠：或定禮制樂，或除暴安良，或舉賢去
> 佞，或敬慎刑名，或留心案牘，扶佐他做一國賢君，自

❶ 詳參拙作《清代四大才學小說》丁編〈《鏡花緣》研究〉之第貳、參
章〈《鏡花緣》的創作目的〉（臺灣商務印書館，1997年7月初版，
頁384—599）

己也落個「女名臣」的美號，日後史冊流芳，豈非千古
佳話。

據此推測，倘若李汝珍創作《鏡花緣》續書，應會接續以上情節，
大寫三才女如何輔政女兒國，以展現其經世致用之才學。

華琴珊雖有體察到李氏的「未竟之緒」，但是可能其寫作
興趣或學識專長不在此，故《續鏡花緣》第十六回至二十七回，
雖承接了三才女至女兒國輔政的框架，內容卻大寫教場比武及戰
陣征伐之事（詳下文），並無具體的經世致用之學。僅在第十五
回，淑士國欲揮兵入侵前，盧紫萱建議國王要「桂榜招賢，選取
勇將」以禦外侮。第十七回，支蘭音受封為「定國軍師」，率師
禦敵。後以「沙坑奇計」擊敗厭火國之吐火悍兵（十九回）。第
二十九回，擊退敵軍後，女兒國既「耀武功」，海外各國亟欲與
其「聘問交通」，盧紫萱又建議國王開科取士，以求使於四方，
不辱君命之英才，女兒國因之而「崇禮教文明大啓」。此外，第
三十七、八回，又寫黎紅薇代國君巡狩，明斷冤獄，終使女兒國
「興利除害，弊絕風清」。

總之，華琴珊雖套用李汝珍三才女輔政的框架，但其志不
在炫耀具體的經世致用之學，僅是泛論才女立有何功而已。

4、針對「百花獲譴降紅塵」所續補的內容

《鏡花緣》第一至六回，主述百花仙子與眾花仙等，因未
按時令開花，被貶謫凡塵歷劫。以此導引出唐敖，林之洋等「海
外求名花」；武后的「開女科」；百位才女的「遊園談藝」；及

數位才女與夫婿攻打「酒」「色」「財」「氣」四毒關等重大情節。爲此，李汝珍曾替百位花仙的回歸天庭，埋下伏筆：

> 百草仙子道：「…小仙探得將來被謫之人，或在十道，或在外域，雖散居四處，日後自能團聚一方。俟仙姑歷過各國，塵緣期滿，那時王母自然命 我等前來相迎，仍至瑤池，以了這段公案。」（第六回）

然而，《鏡花緣》書末第一百回，並無隻字片言，提及眾花仙劫滿歸位之事以回映前文，是故小說整體的「謫仙結構」⑫並未完成。且一百回的《鏡花緣》，既然只是「僅得其事之半」的內容；百位花仙中述及其婚嫁、殉節或歸隱的，也只有二十幾位而已。因此，李汝珍若有創作續書，必將大談其他七十多位花仙的境遇，及最後如何重返瑤池團圓復職。

這段謫仙公案既然未了，華琴珊創作《續鏡花緣》，便爲之補闕拾遺。然而，華氏對七十多位花仙的境遇發展，顯然興趣不大，僅僅在第二十一回簡述易紫菱上小蓬萊修行前，先義救女兒國軍民；及概述「花再芳遇人不淑，畢全貞守節可風」（第三十九回回目）等三位謫凡花仙之事，其餘則略而不言。第四十回，

---

⑫ 在小說大結構方面，李汝珍採取以楔子、正文、結尾的敘述方式，使百花獲罪遭貶，經歷人間劫難，再重返天庭的情節，歸攏於「謫仙結構」上，以敷衍成百回的長篇。關於此，李豐楙先生〈罪罰與解救——《鏡花緣》的謫仙結構研究〉有極精闢之論述。《中國文哲研究集刊》第七期，1995年9月，頁107至156。

則簡述心月狐（投胎爲武則天者）被玉皇貶入畜生道，永世不得超生；百位花仙則全數回歸天庭，風姨、月姊與百花仙子盡釋前嫌，齊往崑崙瑤池，參與蟠桃盛會，爲王母娘娘祝壽。

5、針對《鏡花緣》細節所續補的內容

李汝珍在《鏡花緣》中，有若干小節，未加以明表，華琴珊對此闕遺，亦有解釋或補續。例如《鏡花緣》第三十二回至三十七回，主述林之洋等人在女兒國之情節，歷來被學界公認爲是全書最精采、最有價值的部份。但是李氏並未提及此國爲何「男子反穿衣裙，作爲婦人，以治內事；女子反穿靴帽，作爲男人，以治外事」？華氏在《續鏡花緣》第十八回末，解釋此種國情，是因爲「陰陽二字，明係陰先陽後，自古以來，從未聞陽陰倒置。」因此，男女角色的互換，乃基於配合陰先陽後之故。

又：《鏡花緣》武七思、武六思分別鎮守的「无火關」、「才貝關」，關破兵敗，兄弟遁逃，眾將遍尋不著（第九十八、九十九回）。《續鏡花緣》則讓二人相偕亡命海外，經大人國逃往淑士國，投效駙馬軍（第十四回），與女兒國大戰時，雙雙被殺，以了結原書二人不知所終的疑案。

《鏡花緣》第九十五回，林之洋送唐閨臣、顏紫綃至小蓬萊。二女上山尋唐敖，兩月不歸。一採藥女道童送信給林，林接信時，突然一夜叉追殺過來，逼得林急忙開船逃離小蓬萊。

突然現身的夜叉，就逼走個性豪邁勇敢的林之洋，令其棄二弱女於不顧，在情理上頗爲牽強；但李汝珍草草帶過，並未說明。於是，《續鏡花緣》中，華氏讓顏紫綃回中土探望林之洋，

說明她與唐閨臣是入山偕隱，以參玄妙之機。至於夜叉則是女道童變的，目的是防止林氏盤查，且逼其早日返鄉而已（第九回）。

以上是華氏針對《鏡花緣》「未竟之緒」，再「參以己意」後所續補後的內容。然而，李汝珍一百回的《鏡花緣》鉅著，只是「僅得其事之半」的半本書，故其所欲創作的續集，篇幅應不只是四十回而已。華氏雖頗能掌握原書的脈絡，發掘李的伏線，而延續、創造續書之情節。但是遺漏亦在所難免，舉其大者，例如：《鏡花緣》第四十七回，唐小山尋父至「鏡花塚」、「水月村」，在「泣紅亭」見「紅顏莫道人間少，薄命誰言座上無」之對聯；亭內有匾額題「鏡花水月」。凡此種種，無不在暗示眾花仙在人間歷劫，最後大部份都將以悲劇收場。末五回中，數位才女殉節、就義，或懸樑自盡，或死於亂箭，或投井而亡，或出家為尼，也證明李汝珍未來續集的寫作方向將是以悲劇為基調。對此，華氏《續鏡花緣》則完全悖離李汝珍的藍圖了。

（二）擺脫原著，馳騁己意的內容

華琴珊自道其創作的方式是針對李汝珍的「未竟之緒」，再「參以己意」以鋪敘《續鏡花緣》的內容。然而，細究全書，實有不少情節是作者擺脫原著，馳騁己意的。例如：

1、武景廉等改女裝逃亡，出嫁至女兒國

《續鏡花緣》第四回至十一回，華氏描述武三思之庶子武景廉、韋后庶弟韋利楨、庶侄韋寶應，如何在韋后之亂後，被朝廷通緝，三人改扮女妝，改名為錦蓮、麗貞、寶英，主動穿耳、

纏足、施脂撲粉，情願終生永作裙釵，以贖武氏、韋氏之罪愆。
經歷流離顛沛的逃亡，最後終於由林之洋送至女兒國，錦蓮「嫁」
予陰若花，成爲國后；麗貞、寶英則「嫁」予已改男妝的黎紅薇、
盧紫萱。

此長達八回的內容，與《鏡花緣》的關涉已很少，實質上
幾乎全是作者另創的新意了。其中，最難能可貴的是對弱勢者的
不平與關懷，武氏、韋氏因政爭，而導至抄家滅族，株連者千人。
武景廉三人，未與其事，何罪之有？所以作者以同情之心，寫其
毀家之痛、逃亡之苦，然最後卻得善終。此是以人道精神，扶持
無辜的受害者，並譴責所謂「除惡務盡」的傳統觀念，在整本小
說中，是極值得肯定的部份。

2、「安國社」在議院的辯論大會

《續鏡花緣》第十四回，作者雖沿用《鏡花緣》犬封國人
民狗頭狗腦、講究吃喝；大人國人民，足下生雲，以雲色別善惡
等特質。但主要情節，卻在敘述犬封國爲擴張勢力，遂重金勾結
大人國的小人，欲毀掉其城郭。大人國志士組織「安國社」，國
有大事，則於大禹廟東邊的「議院」中，開院公議，凡有不同主
張者，皆可暢言己論，國人亦皆可自由旁聽及評議。辯論大會後，
群小一敗塗地；志士們護城成功。

華琴珊撰寫《續鏡花緣》是在新舊時代交替，山雨欲來風
滿樓的宣統二年。之前，光緒三十二年（1906）慈禧下詔「仿行
憲政」；三十三年（1907）各省設「諮議局」、中央設「諮政院」；
故集會論政早已實行；民間志士私下結社論政，更已蔚然成風；

維新及革命運動,則已波濤壯闊。故《續鏡花緣》所述之安國社、議院、公開辯論、人民評議等,是華氏結合清末時事現象所創設的情節,其內容、思想已不在《鏡花緣》的框架之內了。

3.招賢比武、戰陣征伐的描述

《續鏡花緣》第十五、十六回寫「女兒王桂榜招賢」、「眾英雄教場比武」;十七回至二十八回寫女兒國將士如何沙場用命,擊退淑士國。以上情節長達十四回,共佔全書三分之一強。其內容描述武功、戰陣、韜略、神怪,已類近征戰小說,與《鏡花緣》之炫耀才學、諷刺世情人性之內容與特質,相差已不可道里計❸。推測其因,可能作者雖然是「稗官野史,小說家言,亦靡不寓目焉」（胡〈序〉）,但對征戰類小說特別屬意,故下筆時,不自覺亦創作類近之作了。

4.借白民國之敝病,反對現實社會的改革風氣

《續鏡花緣》第三十一回「白民女子放足淫奔」,主述白民國人民因為大興女學及放足,導致民俗敗壞之事:

> 那些巧點漁利之徒,想出了一個方法,撮掇這些濁富之家與好名之輩,開設許多女學堂,使婦女入學讀書,希圖獵取功名;並勸婦女不用纏足,已經纏裹之足,也須

---

❸ 《鏡花緣》末五回,雖也有征戰對陣的情節,但其主旨仍在於炫耀才學、諷刺世情人性。

放大，與男子一般方爲合格。……從來巧言舌辯的人，
説來的話，都是動人聽聞的。

基本上，華琴珊思想是保守的，不容易接受社會改革的新思潮，
對女子的態度更是傳統而守舊（如對纏足、冶裝頗是執迷，詳下文），
極力反對女子天足及就學。下段對女子種種「新潮」的行爲，更
是痛批：

> 白民國女子的金蓮，大約都有五、六寸長，素來墊些高
> 底，裝成小足，終嫌行走不便。一聞放腳的消息，莫不
> 聞風興起，要學時髦。這個風氣自女學堂的女學生開端
> 的。而且那些女學生，非但喜歡放腳；頭上不梳雲髻，
> 還梳了一條大髮纏；面上帶了金絲眼鏡，項上圍了尺許
> 高的飯頭；身上穿著短小緊湊的衣服，下面禿著褲兒，
> 也不穿裙子；足上穿了黑襪，套了男子一般大小的皮鞋，
> 打扮得不衫不履，怪狀奇形。所讀的書，既非《內則》，
> 也非《列女傳》，都是些街談巷語、俚俗歌謠杜撰出來
> 的。
> 書本教席的年紀，與女學生不甚相懸，打扮得更是異樣：
> 頭上披了前流海，鬢髮蓬鬆，也帶著金絲眼鏡；短衣短
> 袖、穿皮鞋，弄得來男女無別。日積月累，敝端百出：
> 男學生穿了兩耳，扮作女學生，到女學堂中去讀書，勾
> 串私通，蜂迷蝶戀，結了許多露水姻緣。繡閣名姝，不
> 知壞了多少；甚至配了夫家，背著父母，跟了情人逃奔。

且有男教席，與著女學生結識私情，烈火乾材，融成一
片。久而久之，境內女學堂愈設愈多，女學生的風氣愈
弄愈壞。凡白民國內的婦女，忘廉喪恥，十有二三。

并有女學生到戲園中去串戲，與女伶爲伍的種種壞處，
筆難盡述。那些教席，教了六日書，便要放一日假，謂
之「遊息之期」；又謂之「來復日」，無非竊取《戴禮·
學記》：「藏修息遊」；《周易·復卦》「七日來復」
之意。一月之中，足有四日放蕩，非但虛擲光陰；而且
群居終日，言不及義。三朋四友，結伴閒遊，到了遊息
之期，更是酒地花天，形骸放浪，不知天地爲何物？

綜合以上內容，可歸納出華琴珊(1)反對天足(2)反對婦女新式打扮
(3)反對設立女學堂(4)反對女學堂使用新式教材(5)反對女子至戲園
串戲(6)反對星期假日(7)反對女子結伴遊處。以上華氏的種種主
張，與《鏡花緣》一貫尊重、關懷、甚至提倡女權的思想，已有
天淵之別。光緒、宣統間，社會改革浪潮，早已排山倒海，不可
遏抑；華氏又居處在中國門戶、開風氣之先的上海，其思想卻保
守呆板，眞令讀者匪夷所思。

四、《續鏡花緣》的缺失

華琴珊在〈自序〉中，云自己創作小說的目的，在於承襲
《鏡花緣》的舊有宗旨，來續補內容。然而，華氏與李汝珍畢竟
學養有異、天賦有別，故其所作的《續鏡花緣》在文學藝術上，

實難望《鏡花緣》之項背；又因其本身的喜惡及執著，思想的局限，創作時間的短促，以致《續鏡花緣》有不少缺陷，茲概述其於下：

（一）有意炫耀，才藝卻平平

華琴珊續作《鏡花緣》，局限於本身的才藝，並未能延續或開展《鏡花緣》中的豐富才學。換言之，華氏的寫作並未完全放棄李汝珍的炫才路線，故其所能炫耀者已少，僅有若干詩文及猜謎遊戲而已。如：第一回的〈燈花賦〉、七律四首：〈秋蟬〉〈秋螢〉〈秋蜂〉〈秋蝶〉；第三十二回〈讀王符潛夫論〉；三十三回〈柳隄泛櫂〉〈華堂春宴〉〈畫橋垂釣〉〈高樓聽雨〉〈杏苑尋芳〉五首七絕及策論〈師克在和論〉；三十四回的〈大鵬遇希有鳥賦〉及無題的策論；三十七回的六首〈春柳〉七律。以上之詩、賦、策論，只是羅列作者個人作品，並未結合小說情節的實際需要，或隱喻人物個性，影射未來命運等；且文采平平，動人不深；議論亦泛泛而已，無法引人深思共鳴。第三十七回的「以燈謎作酒令」文字遊戲，則無論是質與量，皆不能和《紅樓夢》、《鏡花緣》等相提並論。故可知，華氏有意炫耀文才，才藝卻平平無奇；且通篇文筆，亦無甚可稱道處。

（二）思想保守，缺乏對女性的關懷與尊重

李汝珍在《鏡花緣》中，開社會風氣之先，極重視婦女問題。消極性的檢討、批判傳統的纏足、納妾、穿耳、冶裝等習俗；又積極性的提倡婦女生活福利制度，並主張女子應受教育、可參

政等權益。反觀《續鏡花緣》，卻開時代之倒車，漠視女性的尊嚴與福利。茲略述於下：

甲、反對天足，迷戀金蓮

前文已提及華琴珊反對女子「天足」，白民國即因女子「放足」而多「淫奔」醜事；再細勘整本《續鏡花緣》，可確知華氏心態上，不只反對女子天足，甚至是推崇、迷戀小腳。例如第三十一回，內容言及纏足有傷身、害行、妨害逃難之弊，但作者卻指這是「利口捷給」的人所說的歪論；且「從來巧言舌辯的人說來的話，都是動人聽聞的」。在小說正文中，不斷的讓男女角色嚮往、追求小足之「美」，例如：第三十七回，寶英道：「相公不見，這裏女兒國內的婦人麼，個個都是金蓮小足。妾身若不把腳裝小，堂堂相國的夫人成何體統，豈不被人當作笑話。……」第十三回：「又見那柳媚生得唇紅齒白，長條身材，裙下纏成一雙小小金蓮，甚是可愛……脫去花鞋，露出那尖尖楚楚，不盈一握的金蓮。周氏把在手中，看了又看，真是愛不忍釋。」第三十七回：「麗貞隨後也上樓梯，見那錦蓮的兩隻金蓮，纏得窄窄，雖是墊了許多高底，裏上繡鳥，裝成小足，真個毫無痕跡，而且行動便捷，稱羨不置，不禁把手撫摩。錦蓮回頭笑道：『大姊姊敢是風魔了麼？』」諸如此類追求、迷戀小腳的內容，俯拾即是。可見清乾嘉時期，李汝珍力挽狂瀾，反對纏小腳；清宣統末年，華琴珊卻是力抗時代潮流，迷戀金蓮，反對放足。二人的思想差距，可謂天壤之別。

乙、極力頌贊女子之冶裝

《鏡花緣》第三十二回「女兒國」情節中，李汝珍對「婦女」冶豔妝扮的風俗，極盡嘲弄諷刺之能事。相反的，在第十八、十九回「黑齒國」的情節中，卻極力贊揚面目黝黑，不買胭脂卻愛買書、讀書，自然流露書卷秀氣的女子。換言之，李汝珍反對女子迎合世俗觀點，刻意冶裝，認爲庸脂俗粉適足以遮蔽本眞，弄巧成拙而已；女子唯有讀書識理，自然有「風流儒雅」之美；且出身高低貧富皆無足恃，唯有才學深淺，方能分出貴賤。

這種提倡女子內在的自重自覺，無須仰賴脂粉外援的不凡識見，在《續鏡花緣》中，卻蕩然無存。華氏在小說中，每每不厭其詳的描述女子如何打扮，打扮之後如何的千嬌百媚，如何吸引眾人目光，受到贊歎等等。如第十一回：

> 錦蓮淨去了隔宵臉上的脂粉，洗手剔甲，重施香粉，再點朱唇，宮人便來與娘娘整理烏雲，梳就了盤龍寶髻，插了支赤金嵌寶的如意簪兒，戴了穿珠點翠的花朵耳墜、龍鳳珠環，頭頂九鳳珠冠，身穿蟒服，腰繫宮裙，蓮步輕移……（國王）玉手尖尖挽著錦蓮的手，那手腕上套的金鐲珠鐲翠鐲；手指上套的金鋼鑽約指並金指環。

又第三十四回：

> 狀元見那師母，年近三旬，長長的身材，俏俏的臉兒，

> 粉膩脂香，滿頭珠翠；身穿天青花緞披風，內襯西湖色
> 花緞大襖，下繫大紅百褶宮裙；裙下露出四寸長的金蓮；
> 手中攜著湖縐花繡帕子。嫋嫋婷婷，甚是美貌。

上自嬪妃宮娥，下至百姓婦女，無不以冶裝爲美；且女子（其實都是男扮女妝的大男人）換華服、上釵環、施朱撲粉、嬌柔婀娜而得同性贊美、異性歡心的情節，一再重復出現，華氏的性別心態，及對女子的審美觀，頗是特異。

丙、贊成穿耳、納妾等戕害婦女身心之習俗

穿耳佩戴飾物之習俗自古有之❶，但僅有三國・諸葛恪、元・耶律希亮等少數人，對此習俗提出質疑或批評❶。《鏡花緣》第三十三回，李汝珍則以林之洋被俘入「女兒國」內宮，受迫穿耳的情節，描述穿耳的過程，及人體所受的痛苦，字裡行間，強烈透露對穿耳習俗的不滿。《續鏡花緣》男扮女妝者，非但主動穿耳，將此種痛苦視作等閒；且時時「戴了穿珠點翠的花朵耳墜」、「耳墜著八寶珠環」、「耳垂嵌寶金環」，以爲女性盛妝之美。

---

❶ 《釋名・釋首飾》：「穿耳飾珠曰璫」。明・陶宗儀《輟耕錄・穿耳》：「或謂晉、唐閒人所畫仕女，多不戴耳環，以爲古無穿耳者。然《莊子》曰：『天子之侍御……不穿耳』自古有之矣！」

❶ 《三國志・吳書・諸葛恪傳》：「母之於女，恩愛至矣！穿耳附珠，何傷於仁！」（卷六十四）《元史・耶律希亮傳》：「希亮從大明王及阿魯忽二王，還至葉密里城。王遺以耳環，其珠大如榛實，價值千金，欲穿其耳，使帶之。希亮辭曰：『不敢因是以傷父母之遺體』」（卷一百八十）

又《鏡花緣》第五十一回，李汝珍以逗趣之筆，對自古以來的男子納妾問題，提出嚴正的指責。既批評屏棄糟糠妻的薄倖；又指出男子「只知有己，不知有人」的自私；最後以詼諧之筆，請世人思之，若允准男子納媵妾，則女子亦可要求討男妾，社會將成何體統？

自古視男子納妾爲無可厚非，甚至理所當然之事，李汝珍在清初保守的風氣中，即能設身處地爲女子著想，提醒兩性間應將心比心，否則即是對女子的不公與無義，這種進步的思想是極難能可貴的。但清末的華琴珊卻固執保守，仍贊成男子納妾：例如，女兒國國君娶錦蓮爲后之前，早已先納梅、李兩位偏妃（第十回）；周氏本身爲武三思之妾，入女兒國女扮男裝後，則歡天喜地的接受國君賞賜的「柳媚」、「花嬌」二位「侍妾」（第十三回）；更甚者是「女子」們互勉不可阻礙「丈夫」娶妾，以免有妒婦惡名：

> 錦蓮道：「三妹妹只知道做了婦人比男子受用，不知做了婦人也有許多難處，主持中饋，從順丈夫，要卜個賢婦之名，也不是容易的。倘丈夫納了婢妾，與他爭歹，被人稱作妒婦，豈不羞恥麼！」麗貞道：「二妹妹想得週到，怪不得賢后之名宮中傳播，主上愈加寵愛。五妹妹、六妹妹須學二姊姊的樣，將來嫁了妹夫，也好做個賢婦。若不許丈夫娶妾，就叫做吃酸撚醋，那是使不得的。」

　　總之，從華琴珊的反對女子接受新式教育、新思潮、新行止，到擁護穿耳、纏足、冶妝、納妾等傳統惡習，其對女性實缺乏尊重與關懷。其理想的兩性關係竟然是：「做慣了婦人到比做男子的有許多好處：外面的事情，都有丈夫經管；儘著打扮，弄粉調脂，描眉畫鬢，倒是婦人的本等。」（第三十回），如此落伍守舊、反時代潮流的思想，怎不令人詫異？

（三）識見狹隘，缺乏社會關懷、自我批判

　　李汝珍在《鏡花緣》中，針對其所認爲的「世俗陋習」、「人性弱點」，提出不少見解；並以各種文學技巧，呈現多角度的批判方式。約略而言，可分爲正面的批判與側面的諷刺二大類。對於世俗陋習，李汝珍借用人物角色之議論，採取正面、直接且嚴正的批判方式❶；對於人性中諸多弱點及缺失，李汝珍則構設小說情節以鋪述之，即採用側面、間接且委婉的諷刺方式❶。二者充份發揮作者卓越的見識及精采的寫作技巧，在文學藝術上有極高的成就。

　　華琴珊對社會的觀察，對人性的思考，無論是深度或廣度，

---

❶　《鏡花緣》中，對「世俗陋習」採正面的批判，其情節大抵集中在第十回：「雙宰輔暢談俗敝，兩書生敬服良箴」中。李汝珍藉著唐敖、多九公與君子國兩位輔宰吳之和、吳之祥的對談，批判「世俗陋習」，並提出改正之道。

❶　《鏡花緣》前半部，李汝珍暢寫唐敖、多九公、林之洋等人的海外異國遊歷，所遇的種種奇人、怪獸、異事，多是借以諷刺人性的弱點及缺失。詳參拙作《清代四大才學小說》丁篇　第參章〈鏡花緣的創作目的〉頁569—571

實在都不能與李汝珍相提並論；且因其個人的氣度及遭遇，反映
投射於小說中，處處呈現其識見偏狹的缺陷。例如清季廢除科舉，
使熟讀經史、善長策論、八股的華氏頓失戰場，雖然友朋贊美其
「科舉既廢，遂絕意功名。人皆別尋門徑，而華君獨淡如也。」
（胡〈序〉）但外表對功名的處之淡然，未必內心眞的能忘情。
在《續鏡花緣》內容中，華氏再三的描述科舉取士，主要角色動
輒得頭名、二名，皆透露華氏對科舉的眷戀及補償心理。

　　如：第一、二回，寫武太后重開女試，眾才女「歡欣鼓舞」
的赴試、遊宴；第一、二名者，立即飛上枝頭當鳳凰——嫁爲王
妃，享盡榮華富貴。第三十二至三十四回中，華氏爲了補償科舉
被廢的憾恨，及忍不住撰寫策論的技癢，所以又讓女兒國大開科
舉，藉以羅列己作（詳前文）；再借小說角色之口來頌贊之，其
自信、自大之情喻於言表。而考上科舉者，果然又平步青雲，兼
得富貴與美眷。另第二十九回「崇禮教文明大開」竟是以「科舉」
代表「文明」。

　　華氏「槐黃十度，有志未償」十度科舉落榜，打擊必然沉
重；科舉被廢，更是絕斷後路，故其藉著撰寫科舉取士、黃榜高
中的情節來滿足幻想，並炫誇策論，其景其情，雖有可憫。但時
代巨變早已降臨，華氏既不能順應潮流，自求多福；亦無法檢討
弊病，以創新局；反而固步自封、書空咄咄，甚至刻舟求劍、畫
餅充饑，此是其識見狹隘，既囿於個人遭遇、未能超拔透脫；且
缺乏社會關懷及自我反思、批判所致。

　　同樣的，從《續鏡花緣》，可看出華琴珊對富貴利祿的渴
羨及幻想。四十回內容中，絕少觸及民生疾苦、社會憂患，倒是

權貴嫁娶、達官往來、宮廷排場、命婦爭豔鬥妍……等充斥全篇。且顯然的華氏畢竟不是富貴中人，並不熟諳宮廷、官場、王侯、富豪之排場、權勢及心理，故其富貴描寫，往往流於膚淺的表象，正符合脂硯齋所嘲笑的庄農進京回鄉說帝王富貴事❸，缺乏曹雪芹《紅樓夢》刻畫入微的功力。再者，富貴的描寫中，又未檢討人性的缺失，或撻伐社會的不公，故內容平淡寡味，無法引人反省思考；但華氏欽羨富貴利祿的潛意識，讀者卻可一覽無遺。

（四）文學技巧之缺失

華琴珊〈自序〉云撰寫《續鏡花緣》時，「縱筆所之工拙，奚暇計哉！」意謂其創作此本小說時，重在內容情節能承接《鏡花緣》舊作，並參酌表達己意而已；對於文學藝術的種種要求，則無餘力兼顧。案：此乃確切之言，並非謙詞。因細勘《續鏡花緣》全書，在文學技巧上，實有不少缺點。例如：

（甲）內容情節重復拖沓、贅詞冗句充斥

《續鏡花緣》第四回「結良姻王府續鸞膠」，寫晉王娶黃

---

❸ 甲戌本《紅樓夢》第三回脂批云：近聞一俗笑語云：一庄農人進京回家，眾人問曰：「你進京去可見些個世面否？」庄人曰：「連皇帝老爺都見了。」眾罕然問曰：「皇帝如何景況？」庄人曰：「皇帝左手拿一金元寶，右手拿一銀元寶；馬上稍著一口袋人蔘，行動人蔘不離口。一時要屙屎了，連擦屁股都用的是鵝黃緞子。所以京中掏茅廁的人都富貴無比。」試思凡稗官寫富貴字眼者，悉皆庄農進京之一流也。蓋此時彼實未身經目睹，所言皆在情理之外焉。

蕊珍、定唐王娶陸愛娟；第十回「武錦蓮中宮正位」，寫女兒國
國王陰若花與武錦蓮完婚；十一回「兩學士並娶韋氏，老國舅招
贅蘭音」，寫黎紅薇、盧紫萱「迎娶」韋麗貞、韋寶英；支蘭音
則「入贅」老國舅家為「婿」。第三十四回「花御妹奉旨召親」；
三十五回「狀元郎雀屏入選」寫梅占魁與花鳳英完婚。總計四十
回中，寫了七場權貴的婚禮，而從說媒、設新居、辦粧奩、親迎、
宴客、及描述新人裝扮及洞房合巹，共效鴛鴦……，其情節內容、
文筆敘述，幾乎都大同小異，長篇累牘，重之又重。讀之，頗令
人不耐其煩。

　　此外，小說正文之贅語冗句何其多，例如第六回，三位男
子改換女妝後義結金蘭，依年齡序排行：韋麗真為大，武錦蓮次
之，韋寶英為小。描寫至此，文意已很清楚，作者偏偏畫蛇添足：
「當夜結拜過了，寶英小姐就呼麗貞為大姊姊，錦蓮為二姊姊；
錦蓮小姐呼麗貞為大姊姊，寶英為三妹妹；麗貞呼錦蓮為二妹妹，
寶英為三妹妹。」如此的贅詞冗句，實在一無是處。

　　又如第十二回，武六思、武七思與周氏相逢，作者本可用
一句類似「周氏將武家的變故細說一遍」的話帶過，即可交代清
楚情節的發展；沒想到華琴珊竟然讓周氏喋喋不已的把前情再重
述一次（頁 115），更何況在前四頁（頁 111），作者敘述周氏被
官兵捉拿前，已將第二回至第十回的情節簡述過一次了。諸如此
類，俯拾即是。故內容重複拖沓，贅詞冗句充斥全書，華琴珊的
文筆實在不夠洗練精要。

乙、人物形象特質不彰

《續鏡花緣》的諸多角色，沒有一個是栩栩如生、精采活潑的。因為作者拙於觀察人生，故對人物的出身背景、性情差異、生活細節、心理變化等，都缺乏細微深刻的發掘與描述。例如，三位畏罪潛逃的無辜者，在男扮女妝時，竟無任何心理掙扎；委身「嫁」為人「妻」時，也無任何適應不良；且武錦蓮的外型、心態、說話口吻、行事作風，和韋寶英、韋麗貞沒有多大差別；甚至和女扮男妝，在女兒國擔任輔弼大臣的的支蘭音、黎紅薇、盧紫萱，也沒有顯著的區隔。主要角色的塑型，已失敗至此；至於其他配角就更不必說了。

丙、粗疏草率，忽略小説細節

小說情節，固然可由作者營造創作，不需完全符合現實及史實，但若在細節處，違背事實常理，或與史實相左，則顯示作者粗疏草率，經營不夠；或常識缺乏，學養不足。《續鏡花緣》此弊不少。例如，武則天享壽八十三（《舊唐書·則天皇后本紀》卷六），《續鏡花緣》竟誤為「七十有餘」（第三回）；又唐睿宗李旦，乃中宗同母弟，即武則天之子。即位後，景雲元年（710），將韋后「以禮改葬」（詳《舊唐書·睿宗本紀》卷七）。《續鏡花緣》第三回卻是：睿宗李旦「係高宗的正宮皇后王娘娘所生」，即位後，「天子傳旨著御林軍，將韋后綁赴法場，萬碎其屍，以為弒君者戒之；又將武曌的屍身，扛出梟首，以報母后王娘娘之仇」。華氏在小說細節處犯此嚴重錯誤，除了顯示寫作態度不夠嚴謹之

外，也暴露其歷史常識的缺乏。

又如第八回：盜賊「把蒙汗藥滲些在飯內」，錦蓮三人吃後昏迷，險遭毒手，幸得顏紫綃搭救。紫綃離去後，翌日，三人腹饑，竟然「取些昨晚吃剩的冷飯，來把（熱）水沖了，胡亂吃些吧！」且吃過飯後，一點事也沒有。此同樣是華氏寫作時掉以輕心，以致於情節前後齟齬。至於誤以爲山西臨近海洋（第十二回），則又是華氏地理常識的缺乏了。

除了以上所述的缺失之外，小說語言呆板，故事情節平淡，整體結構鬆散，更是《續鏡花緣》全書普遍存在的缺點。畢竟匆匆兩個月就完成的小說，其缺失是顯而易見的。

結　論

綜合以上所述，可得以下數點結論：

一、李汝珍之後，《鏡花緣》的相關小說雖有三部，但《續鏡花緣》是唯一的續作。

二、《續鏡花緣》作者爲上海·華琴珊，號醉花生。生平不詳。十度落榜，豪邁博學。推崇《鏡花緣》，遺憾其全書未完；科舉廢後，有志未償；閒居岑寂；友朋慫恿，遂續作之。於宣統二年九月中旬開始創作，歷時二月成書，乃其晚年之作。

三、《續鏡花緣》未見付梓。周越然收藏過的手鈔本，轉藏於北京圖書館。由北京「書目文獻出版社」影印發行，爲今之通行本。

四、華氏針對《鏡花緣》的「未竟之緒」：重開女試；宋

素、文菘失蹤；三才女輔佐女兒國；百花獲譴降紅塵；及若干細節，「參以己意」來續補內容。但未遵循李汝珍原設百花紅塵歷劫的悲劇基調。

五、華氏擺脫原著，馳騁己意的內容有：武景廉等改女妝逃亡，出嫁至女兒國，其同情弱者，反對斬草除根，乃全書最富人道精神處。「安國社」在議院的辯論大會，有清末集會論政的投影。書中多招賢比武、戰陣征伐的情節，可能是華氏嗜讀征戰小說之故。借白民國之弊病，反對現實社會的改革風氣，則反映出華氏的保守思想。

六、《續鏡花緣》的缺失：有意炫耀文才，才藝卻平平；思想保守，反對新時代的改革，缺乏對女性的關懷與尊重；識見狹隘，缺乏社會關懷、自我批判。

七、文學技巧之缺失有：內容情節重復拖沓、贅詞冗句充斥；人物形象特質不彰；粗疏草率，忽略細節等；且語言呆板，情節平淡，結構鬆散，更是《續鏡花緣》全書普遍存在的缺點。

總體而言，《鏡花緣》反對纏足、冶妝、穿耳、納妾；尊重女子受教育、可參政、人身自主等權益；並對世道、人性，進行反思與嘲諷等，是最被後世稱道的進步思想。但《續鏡花緣》卻大開時代倒車，反對天足，迷戀小腳；頌揚冶妝；贊成穿耳、納妾；反對女子受新式教育；禁錮女子於舊傳統中；作者本身則醉心科舉；奢望富貴，其與原著《鏡花緣》之基本精神已有天壤之別。

故《續鏡花緣》非是一流的小說，且是失敗之續作。

附錄：蘇東坡〈竹枝歌〉賞析

　　《宋史·蘇軾本傳》稱頌東坡：「器識之閎偉，議論之卓
犖，文章之雄雋，政事之精明。四者皆能以特立之志為之主；而
以邁往之氣輔之。故意之所向，言足以達其有獻；行足以遂其有
為；至於禍患之來，節義足以固其有守，皆志與氣所為也。」

　　千古以來，誰似東坡，能得史家如此崇高的贊譽？但也唯
有「挺挺大節，群臣無出其右」❶的東坡，方可得此贊譽而無愧。
然而東坡的「有獻、有為、有守」，乃是肇基於其「特立之志」、
「邁往之氣」。故方能以大丈夫——「富貴不能淫、貧賤不能移、
威武不能屈」的雄姿，屹立百代，流芳萬世。

　　東坡的特立之志、邁往之氣，除成就其亙古輝燦的人格外；
亦流貫於其作品中，蘊釀出其雄視百代的文學成就。是以東坡制
策的閎偉精闢，文章的渾涵光芒，不只使仁宗皇帝喜形於色，自
謂已為子孫覓得賢相❷；又令神宗皇帝「膳進忘食」，大稱「天
下奇才」❸。而東坡詩的鎔鑄雅俗，氣象宏闊，卒能「開闢古今

---

❶　語出《宋史·蘇軾本傳》
❷　《宋史·蘇軾本傳》載：「仁宗初讀軾、轍制策，退而喜曰：『朕今
　　日為子孫得兩宰相矣!』」
❸　《宋史·蘇軾本傳》載：「神宗尤愛其文，宮中讀之，膳進忘食，稱
　　為天下奇才。」

之所未有，天地萬物、嬉笑怒罵，無不鼓舞於筆端，而適如其意
之所欲出。」❹於李、杜盛唐之詩外，另闢宋詩的嶄新世界。至
如東坡的詞，則「橫放傑出，自是曲子中所縛不住者」，故能「一
洗綺羅香澤之態，擺脫綢繆宛轉之度，使人登高望遠，舉首高歌，
而逸懷浩氣，超乎塵垢之外。」於倚紅刻翠的宋詞舊習中，「指
出向上一路，新天下耳目，弄筆者始知自振。」❺東坡可謂集文、
詩、詞之大成於一身，無怪乎文壇祭酒歐陽文忠公，初見其文便
傾心歎服，「欲避此人放出一頭地，甚而感喟預言：「三十年後，
世上更不道著我也。」❻

　　特立之志、邁往之氣，既沛然莫之能禦的充塞於東坡的詩
文中，吾人則可藉由詩文的研讀賞析，追溯並體悟東坡的創作本
衷；涵泳浸沉其忠君愛民、悲天憫時的高超節義；及俯仰無愧、
無入而不自得的坦蕩情懷。因此讀東坡詩文，不只「頑夫廉、懦
夫有立志」，對於處逆境、遭挫折的不幸人們而言，更有蕩滌、

---

❹　見清·葉燮《原詩》

❺　晁元咎《復齋漫錄引》：「居士詞人謂多不諧音律；然橫放傑出，自
是曲子中縛不者。」胡寅《峿酒邊詞序》：「眉山蘇氏一洗綺羅香澤
之態，擺脫綢繆宛轉之度，使人登高望遠，舉首高歌，而逸懷浩氣，
超乎塵垢之外，於是花間爲皂隸，而耆卿爲輿台矣!」

　　王灼《碧雞漫志》云：「長短句雖至本朝而盛，然前人自立與眞情衰
矣。東坡先生非心醉於音律者，偶而作歌，指出向上一路，新天下耳
目，弄筆者始知自振。」

　　按：三家之評語頗爲允當，故迻錄原文於此。

❻　宋·朱弁《曲洧舊聞》：「東坡詩文，落筆輒爲人所傳誦，每一篇到，
歐陽公爲終日喜；前後類如此。一日，與棐（案：歐陽修之子）論文
及東坡，歎曰:『汝記吾言，三十年後，世人更不道我著也。』」

振奮的無上功效。

　　茲選錄〈竹枝歌〉一詩賞析之，冀能由東坡早期的作品中，觀微知著，因小窺大，探知東坡一生挺挺大節的由來。茲錄原詩於下：

蒼梧山高湘水深　　　中原北望度千岑
帝子南遊飄不返　　　惟有蒼蒼楓桂林
楓葉蕭蕭桂葉碧　　　萬里遠來超莫及
乘龍上天去無蹤　　　草木無情空寄泣
水濱擊鼓何喧闐　　　相將扣水求屈原
屈原已死今千載　　　滿船哀唱似當年
海濱長鯨徑千尺　　　食人爲糧安可入
招君不歸海水深　　　海魚豈解哀忠直
吁嗟忠直死無人　　　可憐懷王西入秦
秦關已閉無歸日　　　章華不復見車輪
君王去時簫鼓咽　　　父老送君車軸折
千里逃歸迷故鄉　　　南公哀痛彈長鋏
三戶亡秦信不虛　　　一朝兵起盡讙呼
當時項羽年最少　　　提劍本是耕田夫
橫行天下竟何事　　　棄馬烏江馬垂涕
項王已死無故人　　　首入漢庭身委地
富貴榮華豈足多　　　至今唯有冢嵯峨
故國淒涼人事改　　　楚鄉千古爲悲歌

　　蓋蘇軾兄弟於嘉祐二年試禮部，大獲歐陽修的青睞，文名震動京師。雛鳳正欲振翅高舉之時，竟慘遭母喪之變，淒惶回鄉，守制三年。至嘉祐四年已亥十月期滿啟程還朝。此時蘇氏父子撫平喪親之慟，自眉州入嘉陵江，經戎瀘、渝、涪、忠、夔諸州，下峽抵荊州度歲。明年庚子正月，自荊州出陸，由襄、鄧、唐、許至開封。沿途除玩覽名山勝水，便賦詩描景述物、寄情言志。據《南行詩》敘云：

> 已亥之歲，侍行適楚。舟中無事，凡與耳目所接者，雜然有觸於中而發於詠歎。蓋家君之作與弟轍之文皆在，凡一百篇，謂之《南行集》 ❼

由此敘文可見東坡昆仲侍父入京的情狀，及《南行集》編次的由來。而〈竹枝歌〉之作，正是此時。而詩前有引文，說明東坡的創作意旨：

> 〈竹枝歌〉本楚聲，幽怨惻怛，若有所深悲者，豈亦往者之所見有足怨者與！夫傷二妃而哀屈原；思懷王而憐項羽。此亦楚人之意相傳而然者。且其山川風俗，鄙野勤苦之態，固已見於前人之作與今子由之詩。故特緣楚人疇昔之意，爲一篇九章，以補其所未道者。

---

❼　見《蘇文忠公詩篇集成》王文誥引查慎行註。

東坡祖父諱「序」，故此文遂稱「引」而不稱「序」或「敘」。
至於〈竹枝歌〉的由來，雖本是楚地歌謠，但與中唐劉禹錫（字
夢得）的〈竹枝歌〉卻頗有淵源。據《劉夢得文集》中〈竹枝詞·
引〉所述：

> 四方之歌，異音而同樂。歲正月，余來建平，里中兒連
> 聯歌「竹枝」，吹短笛，擊鼓以赴節，歌者揚袂睢舞，
> 以曲多爲賢。聆其音，中黃鐘之羽；其卒聲激訐如吳聲，
> 雖儉寧不可分，而含思宛轉，其淇濮之豔！昔屈原居沅
> 湘間，其民迎神，詞多鄙陋，乃爲作〈九歌〉。到于今，
> 荊楚鼓舞之。故余亦作〈竹枝詞〉九篇，俾善歌者颺之
> 附于末，後之聆巴歈，知變風之自焉。

又郭茂倩《樂府詩集》載

> 「竹枝」本出巴渝。唐貞元中，劉禹錫在沅湘，以俚歌
> 鄙陋，乃依騷人九歌，作「竹枝辭」九章，教里中兒歌
> 之，由是盛於貞和、元和之間。

是〈竹枝〉古調，原傳唱於巴渝一帶。而劉禹錫擔任朗州司馬時，
倚其聲而作《竹枝集》九篇。「竹枝」的特色，劉禹錫言是慷慨
的羽聲；末章甚且激昂如吳聲❽；但在內容上，卻又含思宛轉，

---

❽　《史記·刺客列傳》：「羽聲慷慨」。《樂府詩集》曰：「晉書樂志

有上古淇上濮間，以歌傳情的古風。〈竹枝詞〉的本色是如此。劉禹錫既嫌其「傖儜不可分」，遂興起「變風」之想。茲舉其〈竹枝詞〉二首爲例：

> 山桃紅花滿上頭，蜀江春水拍山流。花紅易衰似郎意，
> 水流無限似濃愁。
> 巫峽蒼蒼煙雨時，清猿啼在最高枝。箇裏愁人腸自斷，
> 由來不是此聲悲。

以文人高妙的才思，結合了民間的淳樸活潑，作品當然大有可觀。今其曲調已不可聞，但由歌詞的內容看來，慷慨激昂的本色，經劉禹錫潤飾後已大爲消減，而「含思宛轉」之情味，卻頗爲發揚，故東坡所謂的「幽怨惻怛，若有所深悲」的楚聲，由此可窺見其一斑。

　　至於東坡所說的楚地「山川風俗，鄙野勤苦之態，固已見於前人之作，與今子由之詩」。「前人之作」，今仍舉劉禹錫之〈竹枝詞〉詞爲例：

> 山上層層桃李花，雲間煙火是人家。銀釧金釵來負水，
> 長刀短笠去燒畬。

曰：吳歌雜曲並出江南，東晉以來稍有增廣。其始皆徒歌，既而被之管絃，蓋自永嘉渡江之後，下及梁、陳，咸都建業。吳聲歌曲，起於此也。」按：吳歌中頗多激昂之傲作，此舉〈讀曲歌〉一首爲例：「打殺長鳴雞，彈去烏臼鳥，願得連冥不復曙，一年都一曉。」

居民依山築屋，高聳入雲，壯士戴笠攜刀去燒榛種田❾，而身戴玲瓏飾物的婦女則不辭辛勞的汲水、負水。此詞約略顯出楚地的風俗民生。而「子由之詩」──〈竹枝歌〉則對楚地的山川風物及民生維艱，有極詳細深刻的描畫：

舟行千里不至楚　忽聞竹枝皆楚語
楚言咽咿安可分　江中明月多風露
扁舟日落駐平沙　茅屋竹籬三四家
連檣並汲各無語　齊唱竹歌如有嗟
可憐楚人足悲訴　歲樂年豐爾何苦
釣魚長江江水深　耕田種麥畏狼虎
俚人風俗非中原　處子不嫁如等閒
雙鬟垂頂髮已白　負水採薪長苦艱
上山採薪多荊棘　負水入溪波浪黑
天寒斫木手如龜　水重還家足無力
山深瘴暖霜露乾　夜長無衣猶苦寒
平生有似麋與鹿　一旦白髮已百年
江上乘舟何處客　列肆喧嘩占平磧
遠來忽去不記州　罷市歸船不相識
去家千里不能歸　忽聽長歌皆慘悽
空船獨宿無與語　月滿長江歸路迷
路迷相思渺何極　長怨歌聲苦淒急

---

❾　《廣韻》「畬」訓爲燒榛種田。

不知歌者樂與悲　　遠客乍聞皆掩泣

〈竹枝詞〉在唐代通爲七言四句的短章。王灼《碧雞漫志》甚至
稱其爲「詩中絕句而定爲歌曲」者。蘇氏兄弟以七言長篇爲之，
因篇幅的擴大，描景物、述感懷，確實都更上層樓。子由的〈竹
枝歌〉從未至楚地，先聞楚聲寫起。而舟愈近，楚腔夷音卻難解
其意。因恐夜行江中，風寒露重，遂於冥冥薄暮中，駐舟平沙暫
歇行程，並覽觀楚地風物。子由目見茅屋竹籬、連椿並汲的簡陋
家居景況；加上耳聞幽怨惻怛、如嗟如歎的〈竹枝〉曲音。悲天
憫人之心便油然生起。豐年歲樂，理應家給人足，但此地民生何
以艱苦異常？因居民捕釣長江之中，江闊水深，風浪險惡，隨地
都有覆舟沒頂之虞。而蠻萊之中進行山耕，榛莽未闢，隨地又有
虎狼出沒的凶險。再觀見採薪負水、白髮未嫁的處子，更令子由
爲邊鄙苦無告的窮民感到心酸。「天寒斫木手如龜，水重還家足
無力」二句深深描畫出楚地民生的勤苦，也讓讀者暗暗心折於子
由觀物的精微。風俗既鄙野，民生又艱苦，楚地黎民似已無生而
爲人的尊嚴，只有類近麋鹿禽獸的悲哀。而江上遠來忽去，列肆
喧嘩的商客，只是爲淒冷的楚地略作點綴而已。一旦罷市歸船，
一切又歸於孤寒。孤寒之中，鄉愁旅思乍起。空船獨宿，月圓人
缺，此情何以堪？復聞怨歌淒急，聲聲入耳，不由得令羈旅天涯
的遠客掩面悲泣。

　　子由此詩，細細刻畫耳之所聞的幽怨楚聲；又切切描摹目
之所見的楚地艱苦民生；尚且觀照了羈旅商人的客愁鄉恨。敏銳
的感受力及悲天憫人的仁心，洋溢於字裏行間，足令讀者動容不

已。

前人之作、子由之詩，既已淋漓盡致的勾勒出楚俗、楚地、楚民、楚情。東坡再作〈竹枝歌〉時，倘若不另闢蹊徑，勢必落入舊有窠臼，難有突破。是故詩眼明、詩心細的東坡，擺脫纏繞，自創一格，不只述耳之所聞的楚聲；目之所見的楚地風物，更翻空立奇、上下古今，以楚地的史事、人物爲重心，大發思古的幽情、寄託內心深處的感慨。詩中闡述楚聲所以幽怨惻怛的原因，乃是楚人傷二妃、哀屈原、思懷王、憐項羽所致。此四幕歷史悲劇都與楚地有深刻的淵源關係。但前人之作、及子由之詩，卻都未提及。東坡於是搦筆和墨，「補其所未道者」而作此篇〈竹枝歌〉。

本詩分爲九章，每章四句，四句一換韻。倘依內容意旨分，則如紀曉嵐所言，應是八句一段。首段先由楚地的名山勝水寫起：巍峨矗聳的蒼梧山；深遠浩瀚的湘江水。詩人的視線由高移下，由下而及遠，向遠眺望中原則有千里之遙，山沓水匝、千岑萬壑、綿延不盡。

視覺既上下延展到無垠無限，心靈則飛越時空的阻隔，上接幽幽緲緲的遠古。想當初親政愛民的舜，爲探查民瘼、撫慰眾庶而巡狩天下。以萬乘天子嬌貴之軀，親踐荒瘴癘之地。然而天不諱禍，一旦奪民所怙。黎民椎心泣血的悲慟，亦挽不回飄然遠逝、往而不返的帝魂。

人事雖已改，山河卻不易。蕭蕭的楓葉、蒼蒼的桂林，依舊綴點著瑰麗的美景，「樹若有情時，不會得青青如此」❿，滿

---

❿　見姜夔《長亭怨慢》

川紅葉，盡是離人眼中血而已，人間生離死別的哀慟，豈是草木所關心、所體會？

　　娥皇女英二妃驚聞舜帝崩俎的惡耗後，天涯奔喪，越千岑、渡萬壑，唯祈求再睹聖顏一面而已！然而昊天不弔，舜帝已乘龍化去，紅塵之中再無其絲毫影蹤。悠悠天地，此憾何極？悲慟欲絕的二妃，淚珠點點揮灑於蒼蒼碧竹之上，於是留下了互古不滅的愛情印記。死者雖已矣！生者竟何堪？無情草木空有斑斑淚痕，卻撫慰不了哀哀欲絕的多情湘妃。「問世情為何物，直教人生死相許？」於是這對痴情姊妹，攜手舉身，同赴沅湘，以最淒美的自戕，抗議天地的不仁，生命的無常；並見証人世間至高至純、不滅不朽的愛情。

　　本詩前二章是「傷二妃」，後三、四章是「哀屈原」。紀曉嵐云：「中間過接處，若斷若連，章法甚妙」❶。何以若斷若連？因東坡「草木無情空寄泣」一句，只言及湘妃淚灑碧竹的故事，表面上是「若斷」，但由一「空」字，不由得讓人繼續緬懷起二妃的殉情。而殉情之處正是沅湘。沅水湘江，不也正是「寧赴湘流，葬身江魚腹中，安能以身之察察，受物之汶汶者乎？」❷的三閭大夫屈原的殉國之處嗎？空間既已宛合，時事又可延續，這便是「若連」。因二妃最淒美的殉情，和屈原最壯烈的殉國，所為者雖不同；所堅持的卻無二致，都是擇我所愛、愛我所擇，至貞至剛的血淚真情。

---

❶　見《蘇文忠詩編註集》王文誥註〈竹枝歌〉所引錄。

❷　引自《楚辭・漁父》

　　而今湘沅之畔擊鼓喧闐，所爲何事？哦！原來是淳樸的楚民，爲搶救一代忠臣而飛舟競渡。悠悠千載的歲月，抹不去人們對屈原的惋惜哀思，滿船悲唱，一如往昔楚民血淚滂沱吶喊呼救。因水濱大魚似千尺長鯨，食人爲糧，怎忍讓一介孤臣自沉深淵葬身魚腹呢？然而招君歸兮君未歸，江魚一似草木，盡是無情之物。想必耿耿忠骨，已難逃巨口利齒的摧殘了。

　　楚民既奔舟競渡以救屈原，救之不及故招其魂魄。楚民招屈原魂魄，一似屈原椎心泣血的招懷王魂魄；且海魚的不識忠直，豈有異於懷王的不識良臣？於是「若斷若連」的詩法，再次綻現於東坡筆下，詩意綿密無跡的從「哀屈原」悄然過渡到「思懷王」上。

　　逐臣雖已沉淵湘流，但當年其力勸懷王不可身涉虎狼之國的先見之明及耿耿丹心，怎不讓人心折！然而浮雲避白日，忠諍善諫皆付東流。懷王身蹈險地，一入秦關，關口剎時封閉，秦又伏兵絕斷隨行的楚軍。於是可憐的懷王，由王侯之尊屈身爲階下之囚，虎口狼爪之下，豈有歸國之日？

　　憶昔君王去國之時，簫鼓音籟竟有如嗚咽悲訴；父老相送之際，竟見君車軸斷，彷彿天意垂憐警示此行堪憂。然而君心難迴，依然一意孤行。此句「父老送君車軸折」，東坡採用《漢書》所載臨江王劉榮的典故：天子召臨江王入京，王登車而軸折車廢。江陵父老流涕竊言道：「吾王不返矣！」後王果遇害。以漢朝史事借喻戰國秦、楚之事，本有時空錯置的嫌疑，但是詩文本是重在寓意，寓意既吻合，主旨又能突顯，則一切無妨。讀者切莫以辭害意，泥死於字下。氣宇宏闊、頭角崢嶸的東坡，縱橫古今，

信手拈來的典故，無不熠熠生輝，何必緊粘時事，畫地自限呢？且「君王去時簫鼓咽」是東坡的冥思推想；「父老送君車軸折」是東坡的借彼喻此。二句都是詩的舒緩處，但舒緩不可太過，否則流於散漫拖渣，於是下句起，又回歸史實。此如鄭因百先生所言：「不沾粘、不跑馬」❸乃是爲詩的妙法。

懷王囚於秦地時，曾一度逃亡到趙國，趙國拒其入境，懷王只好轉而投魏，卻被秦兵追及，終至含恨病死於秦❹。千里蒼皇逃歸，故國路迷，鄰國恩斷，竟落得凄慘至此。秦無義，趙無情，國際風雲的詭譎矯詐，與前文的草木無情、海魚無知作一呼應。此又是東坡令人贊服的生花妙筆。

秦滅六國，楚最無辜，尤其懷王入秦含恨而死，最令楚人悲憤，因此楚南公哀慟之餘，彈劍鋏悲呼，誓言：「楚雖三戶，亡秦必楚」❺。

由「三戶亡秦信不虛」句結束了「思懷王」的段落，但餘音激盪；又開啓了「憐項羽」的新章。「若斷若連」的詩法於焉再現。三戶可亡暴秦，可見楚地同仇敵愾的決心。而剛烈驃悍的楚民當中，果然出現了力拔山兮氣蓋世的英雄——項羽。

---

❸ 筆者就讀東吳大學中文研究所時，授業於鄭因百先生門下，聽其上課所云。

❹ 《史記・楚世家》：「二年，楚懷王亡逃歸，秦覺，遮楚道。懷王恐，乃從間道走趙以求歸，趙王父在代，其子惠王初立行事，恐，不敢入楚王。楚王欲走魏。秦追至。遂與秦使復之秦，懷王遂發病。頃襄王三年，懷王卒於秦，秦歸其喪於楚，楚人皆憐之，如悲親戚。」

❺ 見《史記・項羽本紀》

　　項羽初起時，年僅二十四。「無尺寸之地，乘勢起於壟畝
之中，提劍橫行天下，三年，遂將五諸侯滅秦，分裂天下而封王
侯，政由羽出，稱爲霸王」。故太史公贊其：「近古以來，未嘗
有也。」❶當此之時，功業何等顯赫。曾幾何時，「時不利兮騅
不逝」，天旋地轉，英勇蓋世的西楚霸王竟兵敗垓下，棄馬烏江。
日行千里，所當無敵的寶馬眼見主人英雄末路，卻不忍殺己而贈
之於亭長，豈能不垂淚❶？

　　寶馬通人性，項王重鄉情。四面楚歌淒厲，英雄意氣已盡。
而今雖然已至生命的終站，但仍以最後的幽光，嘉惠楚地故人。
以自己的項上人頭持贈鄉親，使其日後得以領賞封侯❶。此舉何
等悲壯！然而身裂委地，頭入漢庭，怎不令楚地子民唏噓扼腕。

　　楚地雲山煙水、毓靈鍾秀；楚民驃悍武勇、浪漫多情；楚
音激昂慷慨，卻又幽怨惻怛。縱觀古往今來的楚地史事，有最痴
情的娥皇女英；最忠貞的三閭大夫；最悲苦的楚君懷王；以及最
慘烈的西楚霸王。人事滄桑，世事多變，觀今鑑今，富貴榮華何
所恃？一朝無常至，賢、愚、不肖盡歸蒿里而已。最後，東坡以
舟經楚地耳聞悲愴的虞歌，眼見嵯峨的墳冢，心思淒涼的楚事，
總收前文而作一結束，然而哀曼動人的楚音，彷彿深深裊繞於東

❶　同前註。

❶　《史記·項羽本紀》：「（項羽）乃謂亭長曰：『吾知公長者。吾騎
　　此馬五歲，所當無敵，嘗一日行千里，不忍殺之，以賜公。』」

❶　《史記·項羽本紀》：「項王身亦被十餘創。顧見漢騎司馬呂馬童。
　　曰：『若非吾故人乎？……吾聞漢購我頭千金，邑萬戶，吾爲若德。』
　　乃自刎而死。王翳取其頭，餘騎相蹂踐，爭項王，相殺者數十人……」

坡及讀者心頭，久久不能散去。

東坡寫此篇〈竹枝歌〉時，年僅廿四，正是意氣飛揚、嶄露頭角的時候。然而博學深思的東坡，在詩裡行間，卻已透露深情卻又練達的情懷。「傷二妃」、「哀屈原」、「思懷王」、「憐項羽」。傷、哀、思、憐四字，不只恰如其分，更換不得；更可看出東坡「一往情深」的性情中人本色。只因深情事君，故不畏禍福，上書直言新法之弊，導至半生的流離顛沛。只因深情待民，故知徐州時，不避塗潦，與民抗天災、共生死。只因深情對物，故一見白海棠，即為歌詠：「天涯流落俱可念，為飲一樽歌此曲。明朝酒醒還獨來，雪落紛紛那忍觸。」的知音話語。張潮《幽夢影》云：「情必近於痴始真」，東坡事君、待民、對物的深情，確實是「雖九死其猶未悔」的「痴」呀！

至於東坡的練達，則可從詩中史事的透闢，下筆的精練，及對生死富貴的豁然，窺出大概。是故東坡久經摧剝，可謂一步一血痕，卻能屹立不倒，甚而步步生蓮花。其一生如日月經天，不愧不怍；又如時雨春風，動人心肺。「特立之志、邁往之氣」或許即來自東坡既能「契入」又能「超脫」的深情與練達吧！

國家圖書館出版品預行編目資料

古典小說縱論

王瓊玲著. - 初版. - 臺北市：臺灣學生，
2002[民 91]
面；公分

ISBN 957-15-1124-2 (精裝)
ISBN 957-15-1125-0 (平裝)

1. 中國小說 - 評論

827.8   91004873

古典小說縱論 (全一冊)

著　作　者：王　　　　瓊　　　　玲
出　版　者：臺　灣　學　生　書　局
發　行　人：孫　　　善　　　治
發　行　所：臺　灣　學　生　書　局
　　　　　　臺北市和平東路一段一九八號
　　　　　　郵 政 劃 撥 帳 號：0 0 0 2 4 6 6 8
　　　　　　電　話：(0 2) 2 3 6 3 4 1 5 6
　　　　　　傳　眞：(0 2) 2 3 6 3 6 3 3 4
　　　　　　E-mail：student.book@msa.hinet.net
　　　　　　http://studentbook.web66.com.tw

本書局登
記證字號　：行政院新聞局局版北市業字第玖捌壹號

印　刷　所：宏　輝　彩　色　印　刷　公　司
　　　　　　中和市永和路三六三巷四二號
　　　　　　電　話：(0 2) 2 2 2 6 8 8 5 3

　　　　　　精裝新臺幣二七〇元
定價：平裝新臺幣二〇〇元

西 元 二 〇 〇 二 年 三 月 初 版

82717

臺灣學生書局 出版

中國文學研究叢刊